GAME NOVELS

DISNEY SQUARE ENIX

KINGDOM HEARTS CHAIN OF MEMORIES

チェインオブメモリーズ

金巻ともこ
Kanemaki Tomoco

Original Plan
野村哲也
Nomura Tetsuya
渡辺大祐
Watanabe Daisuke

Illustration
天野シロ
Amano Shiro

《Reverse/Rebirth》

カバー・口絵・キャラクター紹介・本文イラスト／天野シロ
カバー・表紙・帯・目次・章扉・キャラクター紹介デザイン／松木美紀

CONTENTS

▲レプリカ=リク
ヴィクセンが創り出したリクの「人形」。「ニセモノ」と言われることを嫌い「ホンモノ」にライバル心を燃やし、リクに勝とうとするが…。
リク ▲
デスティニーアイランドで暮らしていた15歳の少年。ソラとは親友であり良きライバルでもあった。心を闇につけこまれ、アンセムに身体を乗っ取られてしまったことがある。闇を封じるために王様と闇の扉を内側から閉めた。
◀ ソラ
キーブレードの勇者に選ばれた14歳の少年。明るく単純な性格で人一倍正義感が強い。「カイリ」と「リク」に再会するため、ドナルド、グーフィーと旅を続けている。忘却の城の地上階を訪れ、“本当に大切なもの”を見つけることができた。

ナミネ

人の記憶をほどいて、自分が描いた別の記憶とつなぎ合わせる力を持つ少女。“機関”の命令でソラたちの記憶を書き換えようとする。

レクセウス

“機関”のナンバー5。ゼクシオンやヴィクセンとともに忘却の城地下の管理にあたっている。マールーシャたちのたくらみに、いち早く気付く。

ゼクシオン

忘却の城の地下を管理しているナンバー6。レクセウスとヴィクセンのリーダー的存在。ずるがしこく、直接手をくださずに裏で策を練る頭脳派。

ヴィクセン

忘却の城にいるメンバーの中では一番の古株であるナンバー4。マールーシャが城の管理責任者に任命されていることをこころよく思っていない。

プロローグ——THE DARK OF START——

夢《ゆめ》を、見ていた。

くすくすとカイリが笑《わら》う。

ソラがなんだか怒《おこ》っている。

俺《おれ》は——ふたりの間《あいだ》で笑《わら》い転《ころ》げていた。

遠《とお》くから聞こえるのは波《なみ》の音。

ここはあの懐《なつ》かしい島、デスティニーアイランド。

俺が捨《す》ててしまった島。

懐かしい、故郷《こきょう》の島。

「リク！」

ソラが俺の名前を呼《よ》んだ。

「リク！」

カイリが俺の名前を呼んだ。

「リク！」

誰《だれ》かが俺の名を呼び——俺はゆっくりと目を開ける。

そこは暗《くら》くもなく、光《ひかり》に満《み》ちているわけでもない、あいまいな場所だった。

リクはその体をゆっくりと起《お》こすと、静《しず》かに頭《あたま》を振《ふ》る。

なんだか頭の奥《おく》にかすみがかかっているみたいだった。

「俺――いったい……ここは……?」

ぼんやりとした光が自分を取《と》り囲《かこ》んでいるのがわかる。光というよりはもやのような、そんな不思議《ふしぎ》な空間《くうかん》だった。

「眠《ねむ》っていたまえ」

突然《とつぜん》どこからか響《ひび》き渡《わた》った低《ひく》い声にリクは立ち上がる。

「誰だ!?」

「君はこのまま眠っていたまえ。この、光と闇《やみ》のはざまで」

「光と闇のはざま……?」

男の言葉《ことば》を呟《つぶや》くように繰《く》り返《かえ》すと、リクは瞳《ひとみ》を閉《と》じる。

そんな場所の話は聞いたことがなかった。

今まで知《し》っていたのは光か闇――。

そのどちらでもない場所なんて、知らない。

「そうだ、王様《おうさま》はどこだ!?」

リクは叫《さけ》ぶ。

王様と一緒《いっしょ》に闇の扉《とびら》を閉《し》めてから、薄暗《うすぐら》い闇の中をさまよった。

確かに王様と一緒にいたことは間違《まちが》いない。

でも、それから王様は――？　俺はどうしたんだ？

「王は、はるか彼方《かなた》にいる。闇との戦《たたか》いは彼《かれ》にまかせて君は眠り続《つづ》けるがいい。今の君にとって目覚《めざ》めの光は痛《いた》みをもたらすトゲとなる。光に背《せ》を向《む》け目を閉じたまえ」

「まるで、俺が闇の魔物《まもの》みたいな言《い》い方《かた》だな」

光に目を背《そむ》けたのは事実《じじつ》だった。

いや――正確《せいかく》には光からじゃない。ソラから、俺は目を背けた。

ソラがまぶしかったから――。

そしてソラは光の勇者《ゆうしゃ》となり、俺は闇に身《み》を染《そ》めた。

でも俺は、闇の魔物なんかじゃない。

「真実《しんじつ》を知りたいか」

声はリクに問《と》いかける。

真実？――それはいったいなんだろう。

真実なんて本当に存在《そんざい》するんだろうか。

「ここでやさしい闇に包《つつ》まれていれば、眠りが君を守《まも》ってくれる――永遠《えいえん》にな」

リクは虚空《こくう》をじっと見つめ、口をつぐむ。

そんなの、俺の性《しょう》に合《あ》わない——！

心の中でそう叫んだ瞬間《しゅんかん》、空気が揺《ゆ》らぎ、声の主《ぬし》が笑ったように思えた。

「真実を知りたいか——ならば」

なにもなかった空間から1枚《いちまい》のカードがリクの足元《あしもと》へと舞《ま》い落ちる。

「これは……？」

「それは真実の扉だ。手に取れば君の眠りは終《お》わり、真実へと歩《あゆ》みだすことになる。だが、その真実は、君に痛みをもたらすはずだ。それでも君はゆくのか？」

リクはカードを拾《ひろ》い上げるとほんの少し、口元をゆがめて笑った。

「こんなところで眠ってるのは退屈《たいくつ》だからな」

なにもない場所——そんな所にいて真実から目を背けることなどできない。

「もうおだやかな眠りには戻《もど》れなくなる」

「望《のぞ》むところさ」

「——君らしい答えだよ、リク」

声は再《ふたた》び笑いを含《ふく》み、その瞬間、世界はくるりと回るようにその景色《けしき》を変えた。

第1章
RECOLLECT

そこはひどく冷《つめ》たい雰囲気《ふんいき》のする大理石《だいりせき》の広間《ひろま》だった。石で作られた生気《せいき》のない花の置物《おきもの》があちこちに飾《かざ》られていて、まるで墓場《はかば》のようだとリクは思う。

持《も》っているのは1枚《まい》のカードだけ。

「カードは真実《しんじつ》の扉《とびら》、か……」

リクは誰《だれ》もいない広間の中でじっとカードを見つめる。カードにはなにか城《しろ》のような絵が描《えが》かれていた。

歩くたびに大理石の床《ゆか》がかつんかつんと音を立てる。他《ほか》に物音《ものおと》はしない。

リクは足を止《と》めると、数段《すうだん》の階段の先にある扉を見つめた。

あの扉の先には何が待《ま》っているんだろう？

リクは静《しず》かに階段《かいだん》を登《のぼ》る。


　真実は痛《いた》みをもたらす。

たとえ痛みだとしても、その痛みは俺《おれ》がしたことの報《むく》いなのだろう。

カードが光《ひかり》を帯《お》びて輝《かがや》き始《はじ》める。そして、扉はリクをゆっくりと迎《むか》え入れた。

扉の向《む》こう側《がわ》には見覚《みおぼ》えがあった。ところどころにある薔薇《ばら》の花のオブジェ。その花のオブジェは同時《どうじ》にリクに不愉快《ふゆかい》な出来事《できごと》を思い出させる。

そこはホロウバスティオン。魔女《まじょ》マレフィセントの居城《きょじょう》。そして、闇《やみ》に染《そ》められていた自分が過《す》ごしていた大きな城《しろ》。

いつのまにこんなところに運《はこ》ばれたんだろう？

眠《ねむ》っている間《あいだ》？

確《たし》かに、自分が最後《さいご》に意識《いしき》を失《うしな》ったのはこの城だった。

カイリを守《まも》ろうとして、アンセムの前に立ちふさがったのが最後の記憶《きおく》。

そのあとは闇の中をひとりで歩《ある》いていた。

途中《とちゅう》から王様《おうさま》が一緒《いっしょ》で——でもまたひとり。

この世《よ》に真実があるとするなら、自分はこの城の中で見つけられるのかもしれなかった。

「ここは君《きみ》の記憶《きおく》の世界《せかい》だ」

突然響《とつぜんひび》き渡《わた》る声にリクは顔をあげる。

さっきリクにカードを渡したあの男の声だった。

「俺の記憶だって!?」

「マレフィセントに誘《さそ》われて、あの城で過ごした君の記憶がカードと出会《であ》い、ここを作った。なにもかも見覚えがあるだろう?」

男の言葉のとおりだった。

ここは記憶の中のまま――あのときのまま。

ここで俺《おれ》は、マレフィセントの言葉にのせられ、カイリをさらい、眠ったままのカイリと日々《ひび》を過ごした。決《けっ》して話をすることのない人形《にんぎょう》のようだったカイリ。そんなカイリと過ごした日々――それでも、俺は少しだけ幸《しあわ》せだった。カイリを独占《どくせん》できたのだから。

でも――。

リクは顔をあげると宙《ちゅう》に向《む》かって叫《さけ》ぶ。

「俺はここでなにをすればいいんだ? この城でなにかがわかるのか? それとも誰かに出会えるのか?」

「君の記憶にある者たちと出会えるだろうな……本来《ほんらい》なら」

姿《すがた》の見えないその男はゆっくりと告《つ》げると、沈黙《ちんもく》する。

「本来ならってどういう意味《いみ》だ?」

リクの問《と》いかけに男はもう答《こた》えない。

「おい! どういう意味なんだ!」

再《ふた》びリクがそう叫《さけ》んだ瞬間《しゅんかん》、周囲《しゅうい》から黒い闇が立ち上った。

「——なに!?」

そこに現《あらわ》れたのは、かつて自分が操《あやつ》っていたこともある化《ば》け物《もの》——ハートレスの集団《しゅうだん》だった。ハートレスたちはいっせいにリクへと襲《おそ》い掛《か》かる。

「——っ！」

思わず身構《みがま》えたリクの手に黒い闇色の光にまとわれて出現《しゅつげん》したのは、まるで悪魔《あくま》の翼《つばさ》を模《かたど》ったような剣《けん》——ソウルイーター。

「これが俺の剣ってわけか」

リクがソウルイーターを振《ふ》り下《お》ろすと、ハートレスが1体《いったい》たちどころに消《き》えた。

闇と離《はな》れたと思っていたのに——まるで闇の翼のようなこの剣はずっと自分の持ち物だったかのように、手になじむ。

それが不愉快《ふゆかい》で、リクはハートレスの群《む》れの中に走りこむと、ソウルイーターを振り回《まわ》す。

何体ものハートレスがソウルイーターに倒《たお》れ、その姿《すがた》を消す。

階段《かいだん》を駆《か》け上れば、階段からも、頭上《ずじょう》からもハートレスが出現し、リクに襲い掛かる。

「……なんだっていうんだ——いったい」

ハートレスとこんなふうに戦《たたか》うのは初《はじ》めてだった。むしろ仲間《なかま》のようにこいつらを操っていた。

なのに今は敵《てき》――それを言うなら、きっとマレフィセントだって、フックだって、今は敵だ。闇の力を利用《りよう》しようとするヤツはすべて敵。

味方なのは――ソラ、カイリ……それから王様。ソラの仲間のみんな。

あいつらが自分を味方だと思ってくれているかはわからないけれど――。

「――どけ！　おまえら！」

リクはソウルイーターを振り下ろすと、階段の奥《おく》にあるはずの部屋《へや》に走りこむ。

記憶がたしかならここは――。

「ひさしぶりに自分の部屋を訪《おとず》れた気分《きぶん》はどうかね。思い出がよみがえるだろう」

周囲を見回《みまわ》すより先にあの男の声が部屋に響き渡る。

不愉快な声に不愉快な記憶――。

リクは眉《まゆ》をひそめると、低《ひく》い声で答えた。

「あいにく、いい思い出なんかない。マレフィセントにもらった部屋だからな」

そう――この小さな部屋はマレフィセントが俺のために与《あた》えてくれた部屋だった。

カイリを迎《むか》えに行くためにフックの船《ふね》に乗ったとき以外の時間を俺はこの城で過《す》ごした。その時間の中でも一番長く過ごしたのがこの部屋だ。

剣を振り――本を読《よ》み――ほかに何《なに》をしていたのかといえば、ただイライラと何かを考《かんが》えていた。何かに怒《おこ》っていた。

カイリがあんなことになったのは自分のせいだと思い——でも、外の世界に出たことは間違いじゃなかったと自問自答《じもんじとう》し、眠《ねむ》るカイリの頬《ほお》にそっと触《ふ》れたりもした。

「闇の勢力《せいりょく》に誘《さそ》われた君はこの部屋で暮《く》らしていた。故郷《こきょう》を捨《す》て、友人《ゆうじん》を捨《す》て——すべてを捨てて手に入れたのはちっぽけなこの部屋ひとつだった」

「——うるさい！」

リクは言い放《はな》つと、部屋を飛《と》び出《だ》した。


廊下《ろうか》を駆《か》け抜《ぬ》け、ハートレスを弾《はじ》き飛ばし、リクは階段《かいだん》を駆け上ると、その頂上《ちょうじょう》にあった小さな扉を勢《いきお》いよく開ける。

扉の向《む》こうは、ほの暗《ぐら》い暁《あかつき》のような光景《こうけい》が続《つづ》くホロウバスティオンの空。

海も陸《りく》も見えず、ただ空が続いている。

城の中を自由《じゆう》に歩き回ることが許されていたリクは、あの頃《ころ》この塔《とう》のてっぺんのこの場所で時間を過ごすことがあった。マレフィセントも、他の誰《だれ》もこない秘密《ひみつ》の場所。

「——ここも記憶のまんまか……」

リクは小さく呟《つぶや》くと、そこに腰掛《こしか》ける。

すべてを捨てた——そう、あの島を出るとき、俺はすべてを捨てたんだった。

あのとき、ここで何度も自分に言い聞かせた。

そしてあの日――あの嵐《あらし》の晩《ばん》。

外の世界に行くことができるという欲望《よくぼう》に負《ま》けた俺は、闇の誘いに屈《くっ》した。

手段《しゅだん》はどうでもよかった。ただ世界を見ることができれば――同じ景色《けしき》の中から抜《ぬ》け出せればそれでよかった。

だから俺はあの島を――ソラを、カイリを捨てた。

「……バカみたいだな、俺」

でも、捨てられなかった。

いや――俺が捨てても、ソラとカイリは俺を捨てなかった。

あきらめなかった。

だから俺はカイリを助《たす》けたかった。

ソラの無邪気《むじゃき》な笑顔《えがお》が悔《くや》しくて、ソラより先にどんなことをしてもカイリを助けたかった。

風がリクの前髪《まえがみ》を撫《な》でる。

本当にこの城で俺の記憶の中にいる誰かと会《あ》えるんだろうか――。

俺が会いたいのは――ソラ。

カイリよりも、なによりもソラに会いたい。

ソラに会って――あやまりたい。

リクは立ち上がると、扉に手をかける。

逃《に》げ出《だ》すわけにはいかない。

ソラに胸《むね》を張《は》って出会いたい。

再《ふたた》びリクは城の中へと足を踏《ふ》み入れた。


進《すす》んでも進んでも出てくるのはハートレスばかりだった。どこまで行ってもソラには会えない。ソラだけじゃない——城の中には人の気配《けはい》さえしなかった。

あるのは——あの男の気配だけ。

「おい！　どうせ見ているんだろう！　どうなってるんだ！」

自分の姿《すがた》を見ているはずの男にリクは呼《よ》びかける。

「俺の記憶にある相手《あいて》と会えるんじゃなかったのか！　答えろ！」

「——本当に会いたいのか？」

男の問《と》いかけにリクの動きが止《と》まる。

「……当《あ》たり前だろ」

会いたいに決《き》まっている。

ソラに——カイリに、会いたい。

「君は彼《かれ》らを捨てたではないか」

確かに一度俺はソラたちを捨てた。

でも――。

「君は外の世界に行こうとして闇の扉をくぐってしまった。家族も友だちも、すべて捨てて故郷を飛び出し、闇の力を求《もと》めた」

「でも、俺は闇を捨てたんだ！」

そう。

俺は闇を捨てた。

もう闇なんかにまどわされない。

だから――。

「ならば君は代《か》わりに何かを手に入れたか？　君は故郷を捨て、闇も捨てた。捨ててばかりの君の心はからっぽなのだ――あの部屋のように。そう、思い出もからっぽだ。だから誰にも出会えない。君の心に残っているのは、捨て切れなかった闇だけだ」

男の言葉《ことば》は呪文《じゅもん》のようにリクの頭に響《ひび》く。

「そんなの、でたらめだ！　俺は闇を捨てたんだ！」

俺はあのとき闇を捨てた。

王様だってそう言ってくれた。

俺はアンセムの言いなりになんかならなかった。

「本当にそうかな――――？　ならばこの先へと進むがいい。君の会いたい人が待っている」

男の声に顔をあげると、視線《しせん》の先には大きな扉があった。

あそこはマレフィセントがいつもいた大広間《おおびろま》――――。

リクはその扉に向かって走り始《はじ》める。

ステンドグラスで飾《かざ》られた豪奢《ごうしゃ》な大聖堂《だいせいどう》。

そこに彼女《かのじょ》は立っていた。

「待っていたよ、リク」

「――――マレフィセント」

リクはソウルイーターを彼女に向かって構《かま》える。

「おやおや。たいした歓迎《かんげい》ぶりだね。私《わたし》はおまえを自分の息子《むすこ》のように思っているのに」

マレフィセントはその両腕《りょううで》を広《ひろ》げながら歩《あゆ》み寄《よ》る。

「近寄《ちかよ》るな――――よりによって最初《さいしょ》に会うのがあんたとはな」

リクは静《しず》かに言った。

「そりゃあ当然《とうぜん》だろう？　誰よりもおまえを愛《あい》しているのは私なのだから。ほら、その顔を見せておくれ――――」

「ふざけるな！」

リクはマレフィセントの腕《うで》をはねあげ、後ろへと跳躍《ちょうやく》した。

「ふふふ……」

マレフィセントはおかしくてたまらないように笑《わら》い出す。

「なにがおかしい！」

「おまえの心は闇に染《そ》まっている。だから私のような闇の存在《そんざい》にしか会えない。そんなの当然だろう？」

「……なんだと……」

俺の心が闇に染まっているから、誰にも会えないと——マレフィセントのような者たちにしか会えないというのか？

「誰にも会えないよりはいいだろう？　おまえの心はからっぽなんだ。心に闇が残っていなかったら、私にすら会えなかったはずだよ」

「あんたに会いたいと願《ねが》った覚《おぼ》えはない」

本当に？

本当にそうだったか？

リクは自問する。

ひとりっきりになった俺の唯一《ゆいいつ》の味方《みかた》は誰だった？

トラヴァースタウンで、ドナルドとグーフィー、あのふたりの王様の従者《じゅうしゃ》とふざけあうソラを見た俺にやさしく囁《ささや》いたのは誰だった？

「本当にそうかい？　おまえはかつて闇の力を求《もと》めて私にすがりついたじゃないか。心の底《そこ》で願《ねが》っているはずだよ。もっと闇の力がほしい、闇に甘《あま》えたい――そんなふうにね」

マレフィセントの甘く囁くような言葉にリクは唇《くちびる》をかみしめる。

「あの頃の俺なら、そう願っただろうな。それで闇に心を明《あ》け渡《わた》したんだ。でも、それでわかった。闇の力になんか頼《たよ》ってもなんにもならない」

リクは大きく深呼吸《しんこきゅう》をすると、マレフィセントをまっすぐ見つめた。

「俺はもう闇には頼らない。これから先、あんたのような闇の存在にしか出会えないなら、みんな倒《たお》してやる」

リクはマレフィセントに向かってソウルイーターを構えると大きく跳《は》ねた。その一撃《いちげき》をマレフィセントの杖《つえ》が受《う》け止《と》める。

「そんなことを言っていると、最後には自分を滅《ほろ》ぼすことになるよ。今のおまえは私と同じ闇の存在なんだからね」

「だったらどうした！　闇に甘えたのは、俺の心が弱かったからで――そんな自分にムカついてる！」

リクはマレフィセントに対《たい》して間合《まあ》いを取ると、再びその懐《ふところ》に走りこむ。

「自分自身《じぶんじしん》が敵って気分さ。だから、あんたみたいに闇におぼれたヤツを見てると自分に似《に》ててイライラする！」

はね上げたソウルイーターの切《き》っ先《さき》がマレフィセントの顎《あご》をかすった。

「闇を憎むあまり、戦《たたか》うことしか考《かんが》えられないようだね」

「話は終《お》わりだ。マレフィセント」

リクは肩《かた》で息《いき》をしながら、言い放《はな》つ。

これ以上《いじょう》話をすることはなにもないはずだった。

これ以上闇にまどわされるわけにはいかない。

「おまえの心が苦《くる》しんでいるのが手にとるように伝《つた》わってくるよ」

「うるさい！」

リクの一撃をマレフィセントはすべるように避《さ》ける。

「ならば私がおまえの苦しみを終わらせてやろう。すばらしい闇の力でね！」

マレフィセントの体から闇のオーラが立ち上《のぼ》り、その姿をドラゴンへと変え、炎《ほのお》を吐《は》き出した。

「――――チッ！」

リクは大きく後方《こうほう》へと跳《と》び退《すさ》る。どこからどう戦っていいのかわからない。

その瞬間――――。

リク！


どこからか声がした。この声は――。

「王様!?」

「今は時間がない！　ほら、今のうちだ！　早く！」

王様の声がそう告《つ》げたのと同時《どうじ》に、天井《てんじょう》が崩《くず》れ落ちる。

「王様！　どこにいるんだ！」

「いいから――早く！」

リクの前には天井《てんじょう》のレンガが積《つ》み重《かさ》なって小さな足場《あしば》ができていた。

「わかった！」

リクはその足場に駆《か》け上《のぼ》ると、ソウルイーターを振り下ろす。

ドラゴンが足を踏《ふ》み鳴《な》らすたびにその足場は崩れるが、それでもあるとないとでは大きな差だった。

「俺は――闇なんかを受け入れない！　この先もずっと！」

リクの一撃がドラゴンの首を切り上《あ》げる。

「グアアアアアアア！」

雄《お》たけびをあげると、ドラゴンはその姿を横たえ――そしてマレフィセントの姿に戻《もど》った。

「……マレフィセント……」

リクはマレフィセントに歩み寄るとソウルイーターを振り下ろそうと頭上に構える。

「リク……おまえは闇から逃《のが》れられない……」

「うるさい！　だまれ！」

リクがソウルイーターを振り下ろそうとした瞬間、マレフィセントの姿は光となって消えた。

その光をリクはじっと見つめる。

もし――マレフィセントが本当に俺のことを大切に思っていたとしたら？

この城で、俺の相手をしてくれたのはマレフィセントだけだった。

あの瞬間だけは俺のことをわかってくれていると信じてしまった。

マレフィセントは闇の力におぼれ、その身を滅《ほろ》ぼした。

俺はそんなマレフィセントに利用《りよう》されていた。

マレフィセントの闇の力に甘えた。

でも――。

「……王様……」

さっき聞こえたあの声は王様の声だった。

王様なら答《こた》えを教《おし》えてくれるかもしれない。

王様なら——。

リクは崩れた壁の向こうに扉があるのを見つける。

先に進まなければならない。

そして——真実を知らなければならない。

リクは扉へと駆け出した。


薄暗《うすぐら》い部屋の空気はなぜかじっとりと湿《しめ》っている。不快《ふかい》な空気が立ち込《こ》めているだけではない、なにか嫌《いや》なものがその部屋には充満《じゅうまん》しているかのようだった。部屋の中央《ちゅうおう》には青い髪《かみ》をした男が静《しず》かに立っていた。前髪は不規則《ふきそく》に長く、その視界《しかい》をほとんど覆《おお》っている。

男は眉をひそめ、なにかをじっと待っているようだった。

そこに茶色い髪を短く刈《か》り込んだ体格《たいかく》のいい男が姿を現《あらわ》すと、青い髪の男に歩み寄った。

「——挨拶《あいさつ》の一言《ひとこと》もなしですか。レクセウス」

「何が起きたのだ、ゼクシオン。説明してもらうぞ!」

レクセウスと呼ばれた茶色い髪の男は、青い髪の男——ゼクシオンを問《と》い詰《つ》める。

そのとき、部屋の中央にもうひとり男が現れた。長い銀髪《ぎんぱつ》のその男はひどく顔色が悪い。

「こちらも挨拶抜《ぬ》きとは——嘆《なげ》かわしい。われら機関《きかん》の団結《だんけつ》はどこへ行ったのでしょうね」

ゼクシオンは銀髪の男の顔も見ずにそう言い放《はな》った。

「貴様《きさま》――――！」

「よせ、ヴィクセン」

レクセウスが銀髪の男――――ヴィクセンを片手《かたて》で制《せい》する。

狭《せま》く暗い部屋に沈黙《ちんもく》が降《お》り、ゼクシオンが大きくため息《いき》をつく。

「話せ、ゼクシオン。何を感じた？」

沈黙を破《やぶ》ったのはレクセウス。

「……匂《にお》いですよ。地底《ちてい》の最下層《さいかそう》に、ふたつの匂いを感じたのです。ひとつはマレフィ……」

「あの魔女は闇に取り込まれた。闇の世界から自力《じりき》で戻るなどありえないことだ」

ヴィクセンがゼクシオンの言葉を遮《さえぎ》った。

「話は最後までお聞きなさい。僕《ぼく》が感じたのはマレフィセントによく似たニセモノの匂いです。残念《ざんねん》ながら、よく調《しら》べる前にニセモノは消えてしまいました――――もうひとりに倒《たお》されて」

ゼクシオンが肩《かた》をすくめる。

今地上《ちじょう》では重大《じゅうだい》な計画《けいかく》が進《すす》んでいる。

しかし――――。

「何者《なにもの》だ？」

「さあ……よくわかりません」

レクセウスの問いかけにゼクシオンは静かに答えると、再び口を開く。

「でも、彼の匂いはわれらの指導者《しどうしゃ》に極《きわ》めて近い。同一人物《どういつじんぶつ》と言っていいほどに」

「バカな！」

ヴィクセンが声を荒《あ》らげた。そんなことがあるはずがない。

あのお方《かた》に似ているなど――。

「事実《じじつ》ですよ。で……どうします？」

レクセウスはふたりに尋《たず》ねる。

しかし、答えはもう出ていた。

地上のメンバーの計画をただ指《ゆび》をくわえて見ているわけにはいかない。

「――しばし見守《みまも》るとしよう」

レクセウスが言うまでもない結論《けつろん》を口に出すと、3人は頷《うなず》きあった。


扉の向こうは入り口と同じような寒々《さむざむ》とした広間だった。

リクは広間の向こうに見える扉に向かって歩き始める。どうやらここにはハートレスも出ないようだった。

あの時、聞こえたのは確かに王様の声だった。

でもその姿も見えない。

幻《まぼろし》でも見たのかもしれなかった。

「なぜ闇をこばむのだ？」

広間にあの男の声が響き渡る。

「どうせ見てたんだろ？　マレフィセントに言ったとおりさ」

もう誰の道具《どうぐ》にもならない。

闇の力は借《か》りない。

「闇は君の武器《ぶき》になる。受け入れてもらわないと困るのだよ」

男の声に無言《むごん》でリクは空を見つめる。

「逆《さか》らうのはやめて闇を受け入れるのだ。そして——ふたたび、わが手足となれ！」

空間がゆがむのを感じる。

そこにいたのはあの男——リクの体を乗《の》っ取り、わが物にしようとしたアンセムだった。

「やっぱりあんたか」

「ほう——驚《おどろ》いていないようだな」

リクは表情《ひょうじょう》をまったく変えず、目の前にいる男の顔を見据《みす》えた。

「あんたは闇の話ばかりだった。それで気づいたんだ。前みたいに俺を闇に引きずり込んで、俺の体をあやつるのが目的《もくてき》なんだろ」

「話が早い。やはり君は私の手足にふさわしい存在だ。では再びその身《み》を――」

アンセムがまるですべるようにリクに近づく。

「ふざけるなッ！　二度目はないッ！」

リクがソウルイーターを跳ね上げる。

「愚《おろ》かだな――」

「くっ!?」

ソウルイーターをその腕で受け止めたアンセムに、逆《ぎゃく》にリクは弾き飛ばされてしまう。

「私を倒せるとでも思ったのか？　闇の力に頼っても、ソラに勝《か》てなかった弱い君ごときが」

「悪《わる》かったな……弱くて……」

リクが床《ゆか》に膝《ひざ》をつく。

「弱い君には闇が必要《ひつよう》だ。あきらめろ。闇と私にひれ伏《ふ》すがいい」

アンセムは倒れたリクに歩み寄ると、その腕を引き上げる。

「……誰が闇なんかに――」

顔を背《そむ》けたリクにアンセムが顔を近づける。

「君の力となるものは、もはや闇しかないのだ」

アンセムに突《つ》き倒《たお》され、リクは顔から地面に叩《たた》きつけられる。

闇の力を借りなくちゃ何もできないっていうのか――。

ソラにも負けた。

アンセムにも負けた。

俺の周《まわ》りには誰もいない。

周りにいたとしてもハートレスかマレフィセント――闇の存在ばかり。

涙《なみだ》がにじみそうになる。

闇の力を借りなきゃなにもできないなんて……。


そんなことないよ！


どこからか声が響いた。

「――王様!?」

明るく輝《かがや》く光の玉《たま》がリクとアンセムの周りを飛んでいた。

「そうとも！　リク、君はひとりじゃない」

王様の声が光とともにリクに降《ふ》り注《そそ》ぐ。

「信《しん》じるんだ、リク。光は決《けっ》して君を見捨てない。君が闇の底《そこ》にいても、光は届《とど》く！」

「……わかった」

リクはゆっくりと立ち上がる。

俺は、ひとりじゃない。

俺には、仲間がいる。

俺には、王様がいる。

「負けられないよな、闇なんかに」

そしてソウルイーターをアンセムに向かって構えた。

「そんなちっぽけな光でわが闇に立ち向かえるものか！」

アンセムが一気《いっき》にリクへと間合《まあ》いを詰める。

「――くっ！」

リクのソウルイーターがアンセムの振り下ろした腕を受け止めた。

「俺は、おまえなんかに負けない」

そのままリクはアンセムを弾《はじ》き飛ばそうと力を込める。だが、アンセムは微動《びどう》だにせず、やがてそのままリクから離《はな》れると、笑《わら》い始めた。

「ふふふ……」

「なにがおかしい！」

「ハハハハハ！」

アンセムが両腕《りょううで》を大きく広げる。

「今の君は闇と戦うことしか考えられないようだ。君自身の目で確かめてもらう」

「どういう意味だ？」

にじりよったリクにアンセムは４枚のカードを投《な》げ渡した。

「これは君の記憶から作ったカードだ。このカードから生まれる世界を進めば、君にも理解《りかい》できるだろう。君がどんなに光を求めても闇から逃れられないことを――あきらめるしかないことを！」

「逃げる気なんて最初からない。そのカードが作る世界で、最後まであきらめなかったら俺の勝ちだ！」

そんなリクの言葉をまるで意《い》に介《かい》さず、アンセムが指《ゆび》を鳴《な》らす。

「もうひとつ、私からの贈《おく》り物だ」

すると、闇のオーラがリクを取り囲んだ。

「何をする！」

振り払《はら》おうとしてもリクの体にまとわりついてくる。

心の中でなにかがざわめくような気持《きも》ち悪さがある。

なんだ――これは？

「君の心に残《のこ》っている闇を少しだけ強化《きょうか》しておいた」

「俺がいまさら闇の力に頼ると思っているのか」

「使うかどうか、決めるのは君だ」

アンセムはふわり、と跳《と》び退《しさ》る。

「待っているぞ、リク！　君があきらめて、闇の力に身をゆだねる時をな」

「待て！」

その姿を追《お》ったリクの目の前でアンセムはかき消える。

「闇の力――」

リクはじっと手のひらを見つめる。

心の中に残っているという闇――。

俺はいつまでこの闇とつきあわなきゃいけないんだ？

「なにか……匂いがする……」

アンセムが立ち去《さ》ってから、周囲を取り巻《ま》く空気が変わったような気がする。

「この匂い……闇の匂い？」

それはマレフィセントやフック、そしてハートレスたち――そんな闇の存在から感じられた匂いによく似ていた。

こんな匂いがするなんて――まるで自分が闇の手先《てさき》みたいだった。

「大丈夫《だいじょうぶ》だよ、リク」

声をかけられ顔をあげると、そこには王様が立っていた。

「王様!?　王様の姿……かすれてる……」

目の前にいる王様の姿はぼんやりとしていて、今にも消えてしまいそうだった。

「この場所には僕の力はほんの少ししか届かないんだ。だから、僕の願いを届けにきた」

「王様の願い……？」

リクは顔をあげると、消えかかっている王様をじっと見つめる。

「ねえ、リク。闇の匂いがするからといって、自分を捨ててはいけないよ。自分の中にある闇と戦うんだ。苦《くる》しい戦いになると思う。でも――忘《わす》れないでほしい。どんなに深《ふか》い闇の奥にだって、必ず光があるんだ」

「闇の中の光……」

「僕と一緒に見たじゃないか。闇の扉の向こう、はるか彼方《かなた》のやさしい光――キングダムハーツの光が君を導《みちび》いてくれる。あきらめないで、信じてほしい。僕は心から願《ねが》ってる」

あきらめないこと。

信じること。

でも、俺の体からはこんなにも闇の匂いがするのに……。

「リク」

「……わかった、やってみるよ」

王様の言葉を信じたいとそう思った。

キングダムハーツの光が俺にも差《さ》すのなら――ソラだけじゃなくて、俺にも光が降《ふ》り注《そそ》ぐのなら——信じられるかもしれない。

「僕も君のところに行く方法《ほうほう》を探《さが》してみる。必《かなら》ず行くよ。約束《やくそく》する」

王様が差し出した手に、リクも手を重《かさ》ねようとする。

しかし、その手はすり抜けてしまった。

「触《さわ》れない……幻《まぼろし》なのか……」

「でも、心ではしっかり握手《あくしゅ》できたじゃないか。僕《ぼく》たちは繋《つな》がってるんだよ」

「……そうだな」

でもそれはひどくはかなくて——少しさみしい。

「じゃあ、行くよ」

王様は笑顔を浮《う》かべながら、その姿を消す。

「またひとり、か——」

リクは小さくため息《いき》をつくと、次の階《かい》への扉に向かった。

第2章 RECALL

扉《とびら》を開《あ》けた向《む》こうは極彩色《ごくさいしき》の世界《せかい》だった。

「ここは……モンストロか」

リクは怪《あや》しくうごめく地を踏《ふ》みしめながら先へと進《すす》んでいく。

ここでソラと会《あ》った。ソラはあの頃《ころ》のままで——いや、あの頃よりも強《つよ》くなっていた。俺《おれ》はなんだかそれが少し悔《くや》しかった。

「なにしてるの？」

突然《とつぜん》かけられた声にリクは身構《みがま》える。物陰《ものかげ》から声の主《ぬし》がひょっこりと顔《かお》を出す。

「……ピノキオ！」

「なんで僕《ぼく》の名前知《し》ってるの？」

ピノキオはにこにこと笑《わら》いながらリクに近づいてくる。心《こころ》のある人形《にんぎょう》、ピノキオ。その心の秘密《ひみつ》を知りたくて、俺はピノキオをさらったんだった。

「なんでって——なんでだろうな」

「ひとりなの？」

「ひとりさ」

ピノキオはリクの前に立つと、じっとリクを見つめる。

「じゃあ、僕と一緒《いっしょ》だ！」

そうピノキオが言った瞬間《しゅんかん》、ピノキオの鼻《はな》が伸《の》び始《はじ》める。

「あっ！」

たしか――ウソをつくとピノキオの鼻は伸びるはずだ。つまりピノキオはひとりじゃないってこと。ひとりぼっちの俺とは大違《おおちが》いだ。

「ピノキオは、ひとりじゃないんだな」

「えっ――うん。僕にはおとうさんがいるから。君にはいないの？」

「俺には誰《だれ》もいないよ」

そう――俺には誰もいない。

「そっか。君はひとりなんだ――わわっ！」

またピノキオの鼻が伸び始める。

「僕にウソをつかせないでよ！」

そう言うとピノキオは鼻を押《お》さえながら笑った。


君はひとりじゃない。

どこかから王様《おうさま》の声が聞こえたような気がした。でも、誰もそばにいてくれない。俺はいつもひとりだ。王様のことは信《しん》じているけれど――ひどくさみしい。

「君もひとりじゃないんだね」

ピノキオがようやく元《もと》の長さに戻《もど》った自分の鼻を触《さわ》りながら笑い――消《き》えた。

「……やっぱりひとりじゃないか」

リクはそう呟《つぶや》くと、先へと進んでいく。

どうしてひとりなんだろう。

俺が闇《やみ》に心を奪《うば》われたから？　でも、一度は闇に勝《か》った。それだけじゃ許《ゆる》してもらえないのか？　それだけじゃ、俺はソラにもカイリにも会うことができないのか？

どうすればソラやカイリに会うことができるんだろう。

どうすればまた３人で笑うことができるんだろう。

わからなかった。

ただひとつ言えることは進まなければならないということ。

真実《しんじつ》を見極《みきわ》めなければならないということ。

そうすれば、自分がどうすればいいのかがきっとわかるはずだ。

「――ひとりでもいいじゃないか」

リクはそう呟くと、足元《あしもと》のぶよぶよとした突起《とっき》を蹴《け》り飛《と》ばす。その瞬間、突起が弾《はじ》け、ハートレスが現《あらわ》れた。

「ここでもおまえらといっしょか」

リクはソウルイーターを構《かま》える。わらわらと何体もがリクに襲《おそ》い掛《か》かってくる。リクは大きく跳躍《ちょうやく》すると、1体のハートレスにソウルイーターを振《ふ》り下《お》ろした。

かつて操《あやつ》っていたはずのハートレスが心を吐《は》き出しながら光《ひかり》となって消える。

ハートレスさえいなければ——ハートレスを利用《りよう》しようとするヤツらさえいなければ、あの小さなイカダで俺たちは外の世界《せかい》に出ていたはずなのに。

あの嵐《あらし》の晩《ばん》のことをリクは思い出していた。


嵐が来て、イカダが流《なが》されないように、小島《こじま》に出かけた。

雨の中を走って、入《い》り江《え》に行こうとしたとき、あの秘密《ひみつ》の場所の前に大きな扉ができていることに気がついた。こんなところにどうして扉があるのか——そう思った瞬間、誰かが俺に囁《ささや》いた。

「外の世界に出たくはないか？」

振り返るとそこには茶色いローブの男が立っていた。

「もうすぐ扉が開く。なにも恐《おそ》れることはない。闇でさえも恐《おそ》れる必要《ひつよう》はない。さあ、行くのだ――リクよ」

俺にためらいはなかった。

外の世界に行くことができるという欲望《よくぼう》に勝《か》つことができなかった。

「リク！」

同じように小島にやってきたらしいカイリが駆《か》け寄《よ》ってくる。

「……プ……セス」

「……なんだって？」

コートの男が呟いた言葉《ことば》が波《なみ》の音にかき消されてよく聞こえない。でもカイリを見たあの男が今なら何《なに》を言っていたのかがわかる。

プリンセス、と言ったんだ。

「リク！　イカダが流されちゃう！」

「カイリ――イカダじゃなくても外の世界に行く方法《ほうほう》があるんだ！」

「え？」

カイリがちょっと不思議《ふしぎ》そうにこっちを見つめていた。

「ソラは？」

そう――カイリはソラのことばかりすぐに気にする。

でも、それは俺だって同じだった。ソラが一緒なら、どこまでだって行ける。そう思ってい

た。それに外の世界を知っているはずのカイリがいて——俺たちはどこにだって行ける、そう思っていた

「ソラもカイリも行けるんだろう？」

俺の問《と》いかけに男は静《しず》かに頷《うなず》くと、扉の中に吸《す》い込《こ》まれるように消えた。

「ねえ、リク——今の……」

カイリの表情《ひょうじょう》は雨のせいでよく見えなかった。

「カイリは扉の前で待《ま》ってるんだ。俺はソラを迎《むか》えに行ってくる！」

「待って、リク！」

カイリの声を無視《むし》して俺は走り始《はじ》める。

ソラを迎えに行くために。

ソラ！　ソラ！　ソラ！

俺たちこの世界の外に行けるんだ！

イカダが心配《しんぱい》でここにやってきたのだろう。ソラはすぐに見つかった。

「リク！　カイリは一緒じゃないのか!?」

ソラの第一声《だいいっせい》は、カイリのこと。

「——扉が開いたんだ」

「リク？」

ソラも不思議そうな顔をして足を止《と》める。

「扉が開いたんだよ、ソラ。俺たち、外の世界に行けるんだぜ！」

「なに言ってるんだよ！　それよりカイリが――――！」

ソラはいつもカイリのことばかりだ。カイリもソラのことばかり。

でもこれからはきっと違《ちが》う。

「カイリも一緒さ！　扉をくぐればもう、帰《かえ》って来られないかもしれない。父さんや母さんには二度と会えないかもしれない。でも、恐れていては何も始まらない。闇を恐れることはないんだ！」

俺はソラに手を差《さ》し伸《の》べる。

さあ、行こう――――ソラ！

「リク――――」

ソラがほんのちょっとだけ不安《ふあん》そうな顔《かお》をして差《さ》し伸べた俺の手をつかもうとする。

そのとき、俺は俺の周《まわ》りでなにが起《お》こってるかなんて気づきもしなかった。見ようともしなかった。ただ伸ばした手の先にソラがいることのほうがずっと大事《だいじ》だった。

あと少しでソラに手が届《とど》く。

「――――ソラ」

ソラに呼《よ》びかけたその瞬間、俺は俺の周りを闇が取《と》り巻《ま》いていることに気がついた。闇が体を包《つつ》んでいく——でも、闇を恐れる必要なんかないんだ！
そして——そのまま闇に包まれ——意識《いしき》も暗《くら》くなり——次の瞬間、ホロウバスティオンに立っていた。

あの瞬間から自分はひとりっきりになった、とリクは思う。

どうして自分を取り巻く闇に気がつかなかったのか。

ほかのものがなにも見えていなかった。

「それ！」

リクは目の前に立ちふさがったハートレスをソウルイーターで弾《はじ》き飛《と》ばす。

なにがいけなかったんだろう——なにが、俺をひとりにしたんだろう。

リクは自分の意識をふさぐようにハートレスを倒《たお》していく。


忘却《ぼうきゃく》の城《しろ》、1階《いっかい》——。

その広間《ひろま》にソラは立っていた。

「僕たちが探《さが》してる人がここにいるような気がしたんだけどね……」

ドナルドが呟いた。

「それって王様のこと？」

グーフィーが続《つづ》けた言葉にソラは振り返る。

「そうと決《き》まったわけじゃないよ。僕のカンだよ、カン」

「なぁんだ――」

自信《じしん》ありげなドナルドの言葉にグーフィーが肩《かた》を落とす。

「でも、僕もなんとなくそんな気がしてたんだよね」

「グーフィーも？　俺もだぞ」

ソラが口を開く。この城に入る前の不思議な感じ――誰かに会えるようなそんな予感。

「この城を見たとき、俺も感じた。大切《たいせつ》な友だちが……ここにいる」

ソラは振り返ると階段《かいだん》の上にある扉を見つめて言った。

多分《たぶん》――いや、絶対《ぜったい》に会える。そんな確信《かくしん》。

この城《しろ》のどこかにリクがいる――。


薄暗《うすぐら》い部屋《へや》でヴィクセンがなにやら作業《さぎょう》をしている。その目の前には人形が1体転《ころ》がっていた。顔もなければ服《ふく》も着《き》ていないその人形を前にヴィクセンは口元《くちもと》をゆがめて笑う。

「正体《しょうたい》がわかりました」

背後《はいご》からかけられた声にヴィクセンは振り向く。そこにはゼクシオンが立っていた。

「あれはリクです」

「あれ……？　マレフィセントと一緒に現《あらわ》れた気配《けはい》のことか。だが、リクは王もろとも闇の扉の向こうに消えたはずなのに、どうやって脱出《だっしゅつ》したのだ」

ゼクシオンの報告《ほうこく》を受け、ヴィクセンが訊《き》き返す。

確かにリクはあのとき闇の向こうへと消えたはずだった。

「彼《かれ》はかつて闇と存在《そんざい》を重《かさ》ねた身。なかば闇の存在なのでしょう」

淡々《たんたん》とゼクシオンは言った。

「われらの指導者《しどうしゃ》と同じ匂《にお》いを感《かん》じたのはそのせいか。なるほど――強大《きょうだい》な闇の力を与えられたリクは、その力で闇の世界をくぐり抜《ぬ》けたのだな。キーブレードと闇の両方《りょうほう》に関《かか》わるおもしろい存在だ。もっとデータを集《あつ》めねば」

ヴィクセンは再び人形の方を向くと、なにやら作業を始めた。

「わからないのは、彼がこの忘却の城に現れた理由《りゆう》です」

その背《せ》にかけられたゼクシオンの言葉にヴィクセンは振り返ると笑う。

「くくく……簡単《かんたん》なことだ。もうひとりの勇者《ゆうしゃ》との感応《かんのう》だよ」

「ソラのことでしょうか」

ゼクシオンはもうひとりの勇者の名前を口にする。

「そう——先ほどソラと仲間がこの城に踏み込んだ。今頃《いまごろ》、計画《けいかく》どおりマールーシャめがナミネの力を使って、ソラの心を操《あやつ》ろうとしているはず」

なぜかうれしそうに語《かた》るヴィクセンの言葉を静かにゼクシオンは聞いている。

「私《わたし》たちにソラを渡《わた》したくないようだな。だが好《す》きにさせておけばよい。マールーシャがソラを手に入れるなら、こちらはリクを手中《しゅちゅう》に収《おさ》めればよいのだ。なぜなら、リクこそわれらの指導者にもっとも近い存在なのだから！」

そう言い放《はな》ち、ヴィクセンは目の前の人形を調整《ちょうせい》し始める。その背中をじっとゼクシオンは見つめていた。

進んでも進んでもハートレスばかりだった。

「どうして——」

リクは自分の心の中のわだかまりをぶつけるようにソウルイーターを振り回す。

心に闇しか残《のこ》っていないからハートレスにしか会うことができないのか。

でもピノキオはいた。ほかの誰かだっているはずだ。

ここではソラ——おまえにも会ったはずなのに。

何体ものハートレスが光となって消える。彼らは消えてどこへ行くのだろう。闇の世界に戻るのだろうか。俺も、消えたらこいつらと同じ場所に行くんだろうか。

ハートレスを一掃《いっそう》し、リクは呼吸《こきゅう》を整《ととの》える。

その瞬間、頭上《ずじょう》から大きな丸い塊《かたまり》が落下《らっか》してくる。

「なっ――――！」

リクは大きくジャンプして、後《あと》ずさるとソウルイーターを構える。

それは巨大《きょだい》なハートレス――――パラサイトケイジだった。大きな丸い体についた長い手をゆらゆらと上下《じょうげ》させている。大きな口はまるで監獄《かんごく》のようにギザギザにかみ合わさっている。

「ちょうどムシャクシャしてたところだ――――！」

リクはパラサイトケイジに向かって走り出す。

その瞬間、リクの体の周囲《しゅうい》に闇色の霧《きり》が噴《ふ》き出した。

「え……？」

立ち止まり、じっと見たリクの手も黒い闇に包まれる――――そして、全身《ぜんしん》も。

「……どういうことだ？」

呟《つぶや》いたリクをパラサイトケイジの腕《うで》がなぎ払《はら》う。

「くっ――――！」

しかし、リクは吹《ふ》き飛ばされなかった。その衝撃《しょうげき》を吸収《きゅうしゅう》するかのように、リクは立ち続けている。そしてリクの姿《すがた》は黒い衣《ころも》に包まれていた。

「これは――……？」

リクは、自分の体を動かそうと力を込めるパラサイトケイジの腕に、ソウルイーターを振り下ろす。その破壊力は自分でもわかるほどに強い。そしてこの衣は、自《みずか》らがアンセムと同化《どうか》していたときと同じもの。つまりあの黒い闇は――。


君の心に残っている闇を少しだけ強化しておいた。


リクはアンセムの言葉を思い出す。

「……心の中の闇が俺を強くしたってことか？」

自らの手のひらを見つめながら唇《くちびる》をかみしめたリクに、再びパラサイトケイジの腕が襲い掛かる。しかし――リクの体にかすりもしなかった。そしてリクは、パラサイトケイジの頭上から、ソウルイーターを振り下ろす。

「ギャアアアアアア！」

パラサイトケイジが叫《さけ》び声《ごえ》をあげ、光の粒子《りゅうし》となって消えていく。この漆黒《しっこく》の衣を身につけた時と同じように、ゆっくりとリクの体を闇が取り巻き、再び元の姿へと戻っていく。

「闇の、力――」

力も、スピードも、なにもかもが、平常時《へいじょうじ》の自分を上回《うわまわ》っていた。

ぞくり、とリクの背筋《せすじ》を悪寒《おかん》が走《はし》る。

俺はこのまま闇に取り込まれていくのか……？

そういえば自分を取り巻く闇の匂いも強くなっているような気がする。

リクは拳《こぶし》を握《にぎ》り締《し》めると、パラサイトケイジがいなくなったあとに現れた扉をくぐった。


扉の向こうはまたも大理石でできた広間だった。

ただいつもと違うのは、そこにひとりの男が立っていたことだった。

「おまえがリクか」

「——誰だ、アンセムの仲間《なかま》か？」

リクはソウルイーターも構えずに男をじっと見つめる。青白い顔色に長い髪《かみ》の男は黒いローブのようなものをまとっている。そのローブにはどこかで見覚《みおぼ》えがあった。

そして、ただひとつはっきりとわかることは、男からも闇の匂いが立ち上っていることだった。

「アンセムの仲間——そうだな、半分だけ正しい。だが、おまえの知るアンセムとは違うと言っておこう。アンセムであってもアンセムではない存在——すなわち『誰でもない者《ノーバディ》』」

男はゆっくりとリクに歩み寄る。

「誰でもない、だと？　ふん――今俺は機嫌《きげん》が悪いんだ。はっきり言えよ」

「光と闇のどちらにも属《ぞく》さずたそがれを歩む者とでも言えばいいのか？」

どちらにも属さない――属せない。

まるで自分のことのようだった。

「くくく……気づいたか？　そうだ、光と闇のはざまにいる今のおまえにそっくりだろう。私も同じだ。つまり私たちは似《に》たもの同士《どうし》なのだよ」

「――かもな」

リクはそう答《こた》えるとゆっくりとソウルイーターを構え、言葉を続ける。

「だったらどうした。『仲間になれ』なんて言う気か？　あんたの言うとおり、俺の中には闇の力が残ってる。でも闇は俺の敵だ！　闇のにおいをプンプンさせているあんたもな」

「ほう。やる気かね。よかろう！　相手をしてやろう！」

男の手に大きな青い盾《たて》が握《にぎ》られる。

「望むところだ」

リクは男に向かって走り出す――が、その目の前で男の姿は消える。

「なに!?」

「こっちだ」

背後から、盾についた刃《は》がリクをかすめ、傷《きず》つける。

「つっ――」

「言うほどでもないな。ふふ――凍《こお》りたまえ！」

立て続けに氷の塊《かたまり》がリクの正面《しょうめん》から襲い掛かる。

「――！」

リクはそれを避《さ》けきることができなかった。

「闇の力のないおまえとはそんなものか？」

「――違う！」

リクは膝《ひざ》をつきながら、男に向かって叫ぶ。

「闇の力を使うがいい――おまえにはその資格《しかく》があるのだから」

「俺は、闇を憎《にく》んでる！　闇の力なんか使わない！」

「ふふ……それもいいだろう」

男は笑い声をたてると、突然リクとの間合《まあ》いを一気《いっき》に詰《つ》める。

「く……！」

振ってきた一撃《いちげき》をリクはソウルイーターでかろうじて受《う》け止《と》める。

「怒《いか》れ――そしておまえの中にある闇の力を私に見せてみろ！」

「俺は――俺は……！」

搾《しぼ》り出すような声をあげたリクの体を闇の霧が包み始める。

「やめろ——」

「ふふっ……」

男がすべるように離《はな》れていく。

「……そんな……」

怒りの感情《かんじょう》と同調《どうちょう》するように、心から闇があふれてしまうのか——。

リクは再びその姿を変えた自らに絶望《ぜつぼう》する。

「これで互角《ごかく》——いや、まだまだおまえは闇の力を使いこなせまい。行くぞ」

男はリクに対し間合いを詰《つ》めると、盾を振り下ろす。しかし、リクが振り上げたソウルイーターに盾が弾き飛ばされる。

「すばらしい！」

男の盾が床《ゆか》の上で消えた。

「おまえに秘《ひ》められた闇の力は途方《とほう》もなく強大だ——わざと怒らせたかいがあったぞ」

リクはじっと男をにらみつけたまま動かない。

「……俺は乗《の》せられたってわけか」

「おまえが熱《あつ》くなったおかげで研究《けんきゅう》に役立《やくだ》つデータがとれた。礼《れい》を言うぞ、リク」

男はそれだけ言うと、高笑《たかわら》いとともにその姿を消した。

「――あいつ……」

リクは力が抜《ぬ》けてしまい、床に膝をつく。

「どうして――」

闇をまとったかと見まがう黒い衣――そして光を帯《お》びるソウルイーター。

俺は闇の力を借りるしかないのか……？


「思い出した！」

そう叫ぶように言ったソラにドナルドが振り返る。

「なにを？」

「もうひとりいたんだよ」

ソラは自分に言い聞かせるように言う。

「え？　どこどこ？」

グーフィーはきょろきょろと周囲を見回す。

「違う違う。俺たちが住んでた島の話」

ソラはそう言うと、ドナルドとグーフィーに駆け寄る。

それはソラとリク、カイリが住んでいた小さな島の話のようだった。

「えーっと……デ……デス……なんだっけ？」

「デスティニーアイランド！　あの島にカイリやリクの他《ほか》に、もうひとり仲《なか》がよかった子がいてさ。よく4人で一緒に遊《あそ》んだんだ」

ソラは思い出について話し始める——。

第3章 RIKU

薄暗《うすぐら》い部屋《へや》の中央《ちゅうおう》で、ゼクシオンが腕《うで》を組《く》んだまま、立《た》ち尽《つ》くしている。

そこに現《あらわ》れたのはレクセウス。眉《まゆ》をひそめたままぐるりと部屋を見渡《みわた》すと、ゼクシオンに近づき、口を開いた。

「ヴィクセンはどうした」

「リクのデータをもとにレプリカの仕上《しあ》げを」

ちらり、とレクセウスを見てゼクシオンは言った。

レプリカができあがれば、こちらにも勝機《しょうき》はある。

「ソラの様子《ようす》は？」

立て続《つづ》けにレクセウスはゼクシオンに尋《たず》ねる。

「ナミネの術《じゅつ》で、少しずつウソの記憶《きおく》をすりこまれています。このままではマールーシャのあやつり人形《にんぎょう》となるでしょう。それにラクシーヌも信用《しんよう》できる人物《じんぶつ》ではありません」

マールーシャとラクシーヌのふたりがなにやらたくらんでいることはわかっていた。

そして忘却《ぼうきゃく》の城《しろ》の地上《ちじょう》をまかされている男はもうひとり――。

「そしてアクセルだ。ヤツの考《かんが》えは誰《だれ》にもわからん」

レクセウスは不愉快《ふゆかい》そうに言った。

「しばらく様子を見てからヴィクセンに話しましょう」

ゼクシオンはやわらかい口調《くちょう》で言うと、ようやくレクセウスを見つめる。

ヴィクセンは、自分たちよりナンバーが若《わか》い。ナンバーが強さや地位《ちい》に直接関係《ちょくせつかんけい》するわけではないが、初《はじ》めて彼《かれ》と出会《であ》ったときから彼は一応先輩《いちおうせんぱい》だった。

それはかつて自分たちが自分たち自身《じしん》であった頃《ころ》――エヴェン、エレウス、イエンツォという名前だった頃からの関係《かんけい》だ。崩《くず》すのも筋違《すじちが》いというものだろう。機関《きかん》の1人目《ひとりめ》があの人である限《かぎ》り、私《わたし》たちは世界《せかい》に縛《しば》られたままなのだから。

「彼はマールーシャを嫌《きら》っている。面倒《めんどう》なことになるぞ」

レクセウスはゼクシオンから視線《しせん》をそらしながら言った。

「だからですよ。ヴィクセンには僕《ぼく》らのかわりに面倒を引《ひ》き受《う》けてもらいます」

ゼクシオンはわずかに笑《わら》うと、うつむく。


扉《とびら》の向《む》こうの世界には見覚《みおぼ》えがあった。リクはわずかに上下《じょうげ》する甲板《かんぱん》を踏《ふ》みしめながら、ゆっくりと歩いていく。いつのまにか、体を取り巻《ま》いていた闇《やみ》の気配《けはい》は小さくなり、もとの姿《すがた》に戻《もど》っている。

「闇の力――」

リクは呟《つぶや》くと頭上《ずじょう》を見上げる。ぽっかりと浮《う》かぶ月。波《なみ》の音――ここは、フック船長《せんちょう》の船《ふね》の上だった。

小さな船室《せんしつ》で眠《ねむ》ったように動《うご》かないカイリの顔《かお》をずっと見つめていた。

リクの髪《かみ》が月明かりに照《て》らされ、銀色《ぎんいろ》に輝《かがや》く。

海風《うみかぜ》が前髪を撫《な》でる。

リクはゆっくりと甲板からブリッジへと続《つづ》く階段《かいだん》を上《のぼ》る。

ブリッジからは甲板をすべて見渡《みわた》すことができた。

「――ソラ……」

いるはずのない友だちの名前をリクは呟《つぶや》く。

その視線《しせん》の先には誰もいない。

リクは拳《こぶし》を握《にぎ》りしめると瞳《ひとみ》を閉《と》じる。

そこに浮かんだのはソラの姿。

ソラがブリッジに立つリクを見上《みあ》げ叫《さけ》んだ。

俺《おれ》も――リクに会いたかった。

あのとき、その言葉を不愉快に感じたのはどうしてだっただろう。

「カイリ——」

リクは振《ふ》り返《かえ》ると、マストの根元《ねもと》を見つめる。幻影《げんえい》のように眠ったままのカイリの姿が浮かび上がる。

心がなければ——カイリなんかじゃない。

だから俺はカイリの心を取り戻したかった。

でも——カイリの心は俺には取り戻せなかった。

それればかりか、俺はここでハートレスを操《あやつ》り、ソラをなき者にしようとした。

そんな俺にソラが会ってくれるはずがない……。

「ふふっ——」

突然《とつぜん》聞こえた笑い声にリクは振り返る。

「誰だ!?」

足元《あしもと》から影《かげ》がゆらゆらと起《お》き上がり、リクの前に立った。

「ははっ——」

影がリクに切りかかる。

「……っ！」

そうだった——俺はここでソラの影を操り、ソラと戦《たたか》わせたんだった。

真っ黒な自分の影――。

そこにいるのはまるで闇の力を操る、かつての自分自身《じぶんじしん》のようだった。

ソウルイーターを影に振り下ろしたその瞬間《しゅんかん》、闇のオーラがリクを取り巻《ま》く。

「あはははははは」

影は、闇をまとうリクを笑いながら、その姿を消した。

「やっぱり――ダメなのか？」

リクは闇のオーラをまとう自分の手を見つめる。

そんなリクを月が見下《みお》ろしていた。


薄暗い部屋の中央で彼は大きな水晶《すいしょう》を見つめていた。

水晶の中ではリクがじっと自分の手を見つめている。

「どうだ？　あいつは闇におびえている」

ヴィクセンは彼に囁《ささや》きかける。

彼の表情《ひょうじょう》からはどんな感情《かんじょう》も見て取ることができない。

「おまえは違う。そうだろう？　おまえは闇を恐《おそ》れてなどいない」

ヴィクセンの声に彼は静《しず》かに頷《うなず》く。

「行ってこい。闇を受け入れろ。そして、あいつを倒《たお》せ！」

ヴィクセンの言葉に彼はもう一度頷《うなず》くと、部屋を出た。


波に上下する船の中をリクは進んでいく。

出てくるのはハートレスばかり——それも自分が操《あやつ》っていたハートレスたちばかりだった。ブリッジの上で見たソラもカイリも幻《まぼろし》——自分が本当に会いたい人には会えない。

記憶《きおく》の中の世界には闇の存在《そんざい》しかいないのか？——それは俺が闇の存在だからなのか？

そんな。

リクはソウルイーターでハートレスをなぎ払《はら》う。

戦うたびに自分が身にまとっている闇の匂《にお》いが強くなっているような気がする。

「どうして——どうしてなんだ!?」

闇から逃《のが》れようとすればするほど、闇の匂いが強くなる。

船長室へと向かう小さな船倉《せんそう》で、リクは立ち尽《つ》くす。


誰かを傷《きず》つけて心が戻っても、カイリはきっと喜《よろこ》ばない！

この部屋でソラが叫んだ言葉がこだまのように耳に残る。
その罪《つみ》に対《たい》する報《むく》いなのか――？　これは。
これは闇の力を得《え》てカイリの心を取り戻そうとした俺への罰《ばつ》なのか？

信《しん》じるんだ、リク。
光は決《けっ》して君を見捨《みす》てない。
君が闇の底《そこ》にいても、光は届《とど》く！

王様が言ったこと――今の俺にはまだ信じられない。
誰も俺のそばにいてくれない――王様さえも。
どうしたら――俺の体から闇が消えてなくなるんだ？
リクは階段を駆《か》け下り、再《ふたた》び甲板へと出た。
夜風《よかぜ》が心地《ここち》よかった。
なにも考えなくてすむような、そんな心地いい風。
海からの風はデスティニーアイランドの風にも少し似《に》ていて気持《きも》ちがいい。
でも――。
「どうした、小僧《こぞう》。いつもの勢《いきお》いはどうした？」

突然響《ひび》き渡った声にリクは顔をあげた。

そこにいたのはフック──マレフィセントの仲間で、この船の主だった。

「ようやくおでましか。おまえを倒せばここから出られるってことだろう？」

リクはソウルイーターを構《かま》える。

「ほう──おまえはわしらの仲間だったというのに刃《やいば》を向けると？」

フックがにやりと笑う。

記憶の中のフックよりもひどく暗い印象《いんしょう》の笑《え》みだった。

「そうやって仲間《なかま》に刃を向け続ければ最後《さいご》にはひとりになる」

「おまえなんか仲間じゃない！」

リクはそう言い放《はな》つと、大きく前方《ぜんぽう》へ跳《は》ねた。

フックの鉤爪《かぎづめ》がソウルイーターを受《う》け止《と》める。

「かつて仲間だっただろう？　おまえはわしらと同じ闇に属《ぞく》する者だった」

「違う！」

「どうしてそんなウソをつく？」

フックはリクを弾《はじ》き飛ばす。

「ウソなんかじゃない！　俺はカイリを助《たす》けるために、おまえたちの仲間になっていただけだ」

「目的《もくてき》などどうでもいい。おまえはわしらの仲間だった。その仲間を裏切るというのか？」

「うるさい！　黙《だま》れ！」

フックが――マレフィセントが仲間、なはずがない。

俺の仲間はソラたちだけだ！

「そうやって闇の力を強めていくがいい――リクよ」

「そんなもの強くなっていない！」

リクは立ち上がると、再びソウルイーターを構える。

「自分の姿を見るがいい！」

フックの声にリクは自分の周囲《しゅうい》を見回《みまわ》す。

また、闇の匂いが強くなっている――！

「おまえはどこまでいっても闇からは逃《のが》れられぬ」

そう言いながらフックの刃がリクを追いつめていく。

「違う――！」

リクは自分の周囲を取り巻く闇のオーラを振り払おうとしているのか、ソウルイーターを振り回す。

「闇の力を受け入れるのだ、リク！」

「黙《だま》れ――!!」

リクの一撃《いちげき》とともにフックの姿がかき消える。

「俺は、闇の力なんかいらない――」
リクは力なく、ソウルイーターをおろすと呟《つぶや》く。
どうして――こんな――。
闇の力なんかいらないのに。
闇なんか仲間じゃないのに。
どんどん自分が信じられなくなってくる。
俺が求めている真実《しんじつ》の姿はこんなものなのか？
俺は闇の力がなければ、誰にも勝つことができないのか？
あきらめて、闇の力に身をゆだねなければならないのか？
甲板の隅《すみ》に小さな扉が見える。
真実を知りたくない――そんな気さえした。
俺の真実――。

信じるんだ、リク。

どこからか王様の声が聞こえた。
「信じるってなにを？」

リクは姿の見えない王様に向かって呟く。

わからなかった。


どんなに深《ふか》い闇の奥《おく》にだって、必ず光があるんだ。


「わからない――」

リクは首を振る。

自分の中の闇と戦えば戦うほど、自分の中の闇が強くなってくるような気さえして――。

怖《こわ》い。

怖かった。自分が怖い。自分の中にある闇が怖い。

自分を信じることができない。


信じるんだ、リク。


また王様の声が聞こえた。

その声は力強くて、やさしくて――。

今はまだ自分のことは信じられないけれど、王様の言うことなら信じられるような気がした。

「——わかったよ、王様」

リクはそう呟くと、足を踏《ふ》み出す。

大理石《だいりせき》のホールで彼はリクを待っていた。

静かに。

誰でもない者《ノーバディ》に作られた自分は、いったい誰なのだろう？

そんな疑問《ぎもん》を抱《いだ》く必要はなかった。

彼の心の中を占《し》めているのは、暗い想《おも》い。

それが作られた思いなのか、それとももともと自分の中にあった想いなのかはわからない。

扉が開く。

そこから現れたのは自分と同じ姿をした少年。

「なっ——おまえは!?」

「おどろいたか？」

彼は笑いながら答える。

「おまえ——……」

リクは目の前に立つ少年を見つめる。

「そりゃそうだよな。自分と同じ顔だからな！」

自分だって逆《ぎゃく》の立場に置かれたらひどく驚《おどろ》くだろう。

「俺は、ヴィクセンに作られたおまえのレプリカさ」

彼——リクとまったく同じ姿をした少年——レプリカはそう、うそぶくように言った。

「——俺のニセモノか」

リクはソウルイーターを構える。

「……決めつけるな」

レプリカが抑《おさ》えた声で不快《ふかい》な感情《かんじょう》をあらわにする。

「自分が本物だからっていい気になってるんじゃないのか？　俺とおまえは姿も力も同じさ。でも、たったひとつだけ決定的《けっていてき》な違いがある。俺はおまえみたいに怖がりじゃない」

レプリカも、リクに向かってソウルイーターとまったく同じ形の剣《けん》——を構えた。

「俺が……怖がりだと？」

「おまえは闇におびえてる。自分の中にある闇が怖くて怖くて、仕方ない！」

レプリカには手にとるようにリクの心の中がわかった。

自分の中にある力への怯《おび》え——恐怖《きょうふ》。

力も心もすべて、リクから受けついでいるレプリカにはわかっていた。

しかしレプリカは恐れることを知らない。

恐れる必要がなかった。

自分は何者でもなく――ただリクにさえなればよかった。

リクになって、闇の力を使いこなせば、本物以上になれるはずだった。

「俺は違う。闇を受け入れ、闇の力を自由に使いこなしてる」

闇の力とともにあるために、自分は作られた。

それが自分の存在意義《いぎ》――。

「だから――おまえは俺に勝てない！」

レプリカが跳躍《ちょうやく》する。がつん、と大きな衝撃《しょうげき》が剣を伝《つた》わってレプリカの体に届《とど》く。それは初めて感じる感触《かんしょく》――そして、自分が自分であるという証《あかし》。

リクの瞳がぎらりと光り、レプリカを見ている。

そして大きな力で撥《は》ね飛ばされた。

強い――。

同じ力を持っているはずなのに、リクは強かった。

これは俺がまだ力を使いこなせていないということなのか？

レプリカは膝《ひざ》をついて体勢《たいせい》を立て直すと、リクをにらみつける。

「おい、ニセモノ――」

リクはゆっくりとレプリカに歩《あゆ》み寄《よ》ってくる。

「『おまえは俺に勝てない』んじゃなかったのか？」

リクが喉元《のどもと》にソウルイーターをつきつけている。

「ふん——俺は生まれたばかりなんだ。これからどんどん強くなる。おまえを超《こ》えるのも、もうすぐさ。次に戦うときがおまえの最期《さいご》だ」

レプリカはそう言い返すと、立ち上がる。

負けるはずはない——俺は、闇を恐れてはいないから。

「次のチャンスなんてない。今ここで終わらせてやる——！」

ソウルイーターを振り下ろそうとしたリクに、レプリカも自分の剣を振り上げる。

「なっ——！」

リクの体が大きく弾《はじ》き飛ばされた。レプリカの周囲に闇のオーラが渦巻《うずま》き始める。

「ははは！　いい気分だ！　闇を操るっていうのはさ！　こんなに楽しいのに、闇を恐れるなんてな！　おまえ絶対ソンしてるぜ！」

レプリカは笑いながら立ち上がると、リクを見下ろす。

「黙れ！」

「ふん——怖がりのクセに強がりか。じゃあな、本物！　次を楽しみにしてな！」

「待《ま》て！」

レプリカはリクに背《せ》を向けると走り出す。

リクは強かった――。

俺よりもはるかに。

でも、俺はあいつで、あいつは俺だ――。

俺が闇の力を使いこなすことができれば、絶対に本物よりも強くなれるという自信があった。

そうヴィクセンも言っていた。

レプリカは走る。

生まれて初めて走った。

気持ちがよかった。

なにもかもが。

自分に力があるということ――自分が闇の力を得《え》ることができるということ。

楽しかった。

「本物のリクと戦った感想《かんそう》はどうだ？」

突然《とつぜん》背中《せなか》に声をかけられてレプリカは足を止《と》める。

「――ただの怖がりだな。あんなヤツ、すぐに超えてやる」

レプリカはヴィクセンに背を向けたまま静かに言うと、口元をゆがめて笑う。

「その前にもうひとりの勇者《ゆうしゃ》と会ってみたくはないかね？」

もうひとりの勇者——その名前は知っていた。

記憶の中にあった。

ソラという名の光の勇者。

「ソラってヤツか。今この城に来てるんだよな。俺に片付《かたづ》けてほしいのか？」

「まだ決まったわけではないが、おそらくそうなる。役に立ってもらうぞ」

ヴィクセンの声を不愉快に感じたが、今はどうでもよかった。

誰よりも強いはずの自分の力を試《ため》したかった。

「まかせとけ。本物のリクも、ついでにソラもまとめて消してやるよ」

「ならば、行こう——地上《ちじょう》へ」

ヴィクセンの手が肩《かた》に置《お》かれる。

周囲の空気が動く感触《かんしょく》に、レプリカは目を閉じる。

俺は強い——俺は負けない。

心の中に響く声は誰のものなのか。

俺自身のものなのか——それとも、リクのものなのか。

「どうやら、あちらも光の勇者と接触《せっしょく》をしたようだ」

ヴィクセンの声に顔をあげると、そこには大きな扉があった。

どうやら地下《ちか》から地上へとワープしたようだった。

「この先には――？」

「機関《きかん》の下っぱどもが集《あつ》まっている――ヤツらにもおまえの力を見せてやるがいい」

「……わかった」

レプリカが頷《うなず》いたのを確認《かくにん》すると、ヴィクセンは扉を開いた。


リクはレプリカを追《お》いかけるように、広間を駆《か》け抜《ぬ》ける。

あんなニセモノに負けるわけにはいかない――。

「出て来い、ニセモノ！　どこだ！」

叫んでも、ニセモノがその姿を現すことはなかった。

その代わりに、聞き覚えのある声が広間に響き渡《わた》る。

「ニセモノ？　はたしてそうかな」

その声はアンセムのものだった。

「何が言いたい。あいつはただのニセモノだろ。自分でそう言ってたんだ」

リクは立ち止まると、声のする方角《ほうがく》へと向き直る。

「だが、あれこそが君の本来《ほんらい》あるべき姿とも言える。彼は闇を受け入れている。そう、私という闇を受け入れたかつての君のようにだ。今となっては、闇を恐《おそ》れる君の方こそニセモノなのかもしれない」

フロアの中央にアンセムが立っていた。

「俺がいつ闇を恐れた」

リクは言い返すと、ソウルイーターを構える。

俺は、闇なんかを恐れてはいない。

「カードが作り出した世界で君は必死《ひっし》に闇と戦ってきた。必死すぎるほどに。闇を恐れているからこそ必死になるのではないかね」

必死になんかなってない——闇を恐れてなんかいない。

リクは自分に言い聞かせると、アンセムに言い放つ。

「ふん、あんたの手が読めたぞ。『戦ってるうちは闇を恐れていることになるから、戦いをやめろ』って言いたいんだろ。俺はそんな手に乗《の》らない。戦い続けるだけだ」

「強情《ごうじょう》だな」

アンセムは余裕《よゆう》のある口調で告《つ》げると、リクにカードを投《な》げつけた。

「では望《のぞ》みどおり戦い続けたまえ。そのうち君にもわかるだろう。闇に逆《さか》らうのはムダだと」

アンセムはにやりと笑うとその姿を消した。

「——闇に……逆らってなにが悪い……」

リクは呟くと、床《ゆか》に散《ち》らばったカードを拾《ひろ》い集《あつ》める。

闇と戦い続けなければ、心が折《お》れてしまいそうだった。

自分の中にあるという闇――。

まだ自分自身のことを信じられない自分が、信じられるのは王様の言葉だけ。

あのニセモノはいったいなにを信じて戦っているのだろう……？


扉の向こうにはヴィクセンと同じ服装《ふくそう》をした人物がふたり、地下の部屋にあったのと同じような水晶を前に立っていた。

「あの程度《ていど》の存在に追いつめられるとは情《なさ》けない。機関の面汚《つらよご》しめ」

ヴィクセンが言い放った言葉に、金色の髪をした女性――ラクシーヌがうつむく。

「なんの用だ、ヴィクセン。あんたの持ち場は地面の下だろ」

そう言ったのは、赤い髪をした男――アクセルだった。男はヴィクセンの方を見ることもなく、水晶をじっと見つめたままだ。水晶の中には、3つの人影《ひとかげ》が見えた。

レプリカの中にある記憶が、あれがソラたちだと告げている。

「手助けに来てやったのだ。おまえたちが高く買っているあの勇者とやら――私には大して役立つとは思えん。本当に価値《かち》があるのか……実験《じっけん》が必要だ」

「ふん、あんたらしいわね。要《よう》するに、実験しないと気がすまないってわけでしょ」

「科学者《かがくしゃ》としての本能《ほんのう》だよ」

なにやら会話を交《か》わすヴィクセンとラクシーヌを無視するように、レプリカは水晶へと歩み寄る。そのレプリカをちらりと見たアクセルが、わずかに笑う。

「別にかまわねえけどよ。あんた、ソラを試すついでに自分のしもべも試《ため》す気だろ」

アクセルの言葉にレプリカは顔をあげた。

しもべ──俺がヴィクセンのしもべ？

「しもべではないぞ。研究結果《けんきゅうけっか》と言ってもらおう」

ヴィクセンが言い放つ。

「オモチャの間違いでしょ」

ヴィクセンの声を遮《さえぎ》ったのはラクシーヌの声。

俺は──しもべで研究結果で、おもちゃ──。

別《べつ》に誰がなんと言おうとかまわない。

ただ、俺は本物より強くなって、あいつらを倒せばいいだけ。

「ふん、理解《りかい》できぬものがほざくな」

「まあいい。せっかく来ていただいたんだ。あんたにも楽しんでもらおう。センパイへのプレゼントだ。そいつを使えばもっと楽しい見世物《みせもの》になる」

アクセルはにやりと笑った。

「このカードを使え」

アクセルはヴィクセンにカードを投げ渡す。

「気がきくではないか。では——利用させてもらおう……来い」

ヴィクセンの声にレプリカは部屋の中央に歩み出る。

「ただのカードじゃないか。そんなものいったいなんの役に立つんだ」

「そのカードには、ソラとリクの故郷《こきょう》の記憶が秘《ひ》められている」

どういう意味だ……？

レプリカはヴィクセンの手に握《にぎ》られたカードを見つめた。

「そのカードとナミネの力を使えば、あんたは本物のリクと同じ記憶を手に入れられるわ。ついでに自分がニセモノだってことも、忘《わす》れてもらおうかな。つまり、あんたの心を作り変えて、本物のリクと同じにしてあげるわけ」

ラクシーヌは流暢《りゅうちょう》にしゃべると、レプリカの前に顔を突《つ》き出す。

「ちょっと待て！　俺の心を作り変えるだと？　リクってヤツは、自分の中の闇を怖がってる弱虫なんだ。そんなヤツの心なんていらない！」

レプリカは叫ぶ。

わずかに残る記憶でさえも、俺の心を弱くさせる、リクなんてヤツの記憶はいらない！

「いいわね、ヴィクセン？　リクを使ってソラの実力《じつりょく》を試《ため》すために来たんでしょう？」

叫んだレプリカの声を無視《むし》するように、ラクシーヌはヴィクセンを振り返った。

「やむをえんな」

「なんだと!? 俺を裏切るのか、ヴィクセン！」

レプリカは叫ぶ。自分は自分のままでありたかった。リクと記憶を共有《きょうゆう》するなんて、いやだった。

「言ったはずだ。『役に立ってもらう』と」

「大丈夫《だいじょうぶ》よ、たぶんそんなに痛《いた》くないからさ！」

「ふざけるなっ！」

レプリカはラクシーヌに切りかかるが――逆にはね返される。

「ば～か！ たかがニセモノが私に勝てるわけないでしょーが。でも安心していいわ。私にブチのめされた記憶だって、ナミネが消してくれるんだから。おまけに、あんたの心にとっても素敵《すてき》な思い出をうえつけてくれるのよ。ウソの思い出だけどね！」

闇が――レプリカの周囲を取り巻く。

「やめろ……」

意識が闇に包まれていく。

「やめろ――！」

叫びが――闇へと取り込《こ》まれていく。

第4章 REPLICA

そこは暗《くら》い闇《やみ》の中だった。
真っ暗だった。
ここはどこだろう？
何《なに》も見えない。
何も聴《き》こえない。
俺《おれ》は、誰《だれ》だったっけ？
少年は自分の体を見回《みまわ》す。
青いズボンに黄色いシャツ。黒い手袋《てぶくろ》、それから黒のリストバンド。
髪《かみ》の毛《け》は――銀色《ぎんいろ》のようだった。
これが……自分？
ひどく違和感《いわかん》があった。
これが自分だとは思えなかった。
でも――これが自分だった。
少年は歩《ある》き出す。

周囲《しゅうい》は真っ暗で、進《すす》んでいるのか、いないのかもよくわからなかった。

ただ先に行かなければならないような気がして、少年は歩く。


　　もうすぐ扉《とびら》が開《ひら》く。

どこからか声が聞こえた。


「誰だ!?」

少年は叫《さけ》ぶと、思わず自分の喉《のど》を押《お》さえる。

俺——こんな声してたっけ？


　　何も恐《おそ》れることはない。

　　闇《やみ》でさえも恐れる必要《ひつよう》はない。

　　さあ行くのだ——闇の勇者《ゆうしゃ》よ。


この声をどこかで聞いたことがあるような気がした。

でも、声の主《ぬし》が誰なのか思い出せない。

いや——何も思い出せない。

突然《とつぜん》、前方《ぜんぽう》から大きな光《ひかり》が広がる。
まぶしさに少年は目を閉《と》じた。
すると、穏《おだ》やかな音が耳に流《なが》れ込《こ》んできた。これは、波《なみ》の音?
ゆっくりと少年がまぶたを開くと、そこに広がっていたのは青い海だった。
波がやさしく砂浜《すなはま》に寄《よ》せては返《かえ》す。
白い波を受《う》け止《と》めるのは、同じように白い砂浜。
そこに男の子がふたりと女の子がふたり、なにやら顔をつきあわせて話をしていた。
少年は4人のすぐそばにいるのに、彼《かれ》らが少年に気づく様子《ようす》はない。
「いっつもリクばっか!」
茶色い髪の毛をした男の子が怒《おこ》って立ち上がると走り出す。
「待ってよ、ソラ!」
赤い髪の女の子がそのあとを追《お》った。
どうやら、茶色い髪の男の子はソラという名前のようだ。
残されたのは銀色の髪の男の子と、金色の髪をした女の子。
銀髪《ぎんぱつ》の男の子は――自分と同じ格好《かっこう》をしていた。
青いズボンに黄色いシャツ。黒い手袋、それから黒のリストバンド。
銀髪は自分と同じで――目は、青かった。

「ナミネは、ソラを追わないのか？」

銀髪の男の子は立ち上がると、ズボンについた砂を払《はら》いながら、座《すわ》ったままのナミネと呼《よ》ばれた女の子に話しかける。

「私《わたし》がソラを追いかけたら、リクがひとりになっちゃうでしょう？」

ナミネが小さな声で答える。

その手にはスケッチブックとクレヨンが握《にぎ》られていた。

「俺はひとりでもかまわない」

リク、と呼ばれた少年はそのままナミネに背中《せなか》を向《む》けた。

「ソラにはカイリがいて——リクには私がいるの」

「え？」

リクが振《ふ》り返った。少し頬《ほお》が赤く染《そ》まっている。

「ふふっ——リクの顔、描《か》いてもいい？」

ナミネはやさしく笑うと、クレヨンを傍《かたわ》らに置《お》いて、スケッチブックを開く。

真っ白だったスケッチブックにさらさらとまるで魔法《まほう》のようにリクの笑顔《えがお》を描いていく。

そしてリクとナミネ、ふたりは笑いあう。

「なあ——おまえら……」

少年がふたりに声をかけようとした瞬間《しゅんかん》——ぐるり、と世界《せかい》が回《まわ》った。

大きなカプセルの中で少年は眠《ねむ》っていた。
目の前に黒いフードのついたローブをまとった男が立っている。
少年はゆっくりと目を開く。男はそれに気づいたのかフードをとった。
中から現《あらわ》れたのは銀色の長い髪。顔色の悪い男だった。

——変換率《へんかんりつ》、13%——

3人で海岸《かいがん》を走っていた。
3人——カイリとソラ、それから自分。
「待てよ、ソラ！」
少年は叫ぶ。
ソラを追うカイリ——それから、一番最後に自分。
どうやら3人で追いかけっこをしているようだった。

「リク、早く！」
カイリが振り返り、叫ぶ。
それは砂浜で見た銀色の髪の少年と同じ名前だった。
俺は——リク、という名前なのか？
ならば——俺はあの少年なのか？
「早くしろって！　遅《おそ》いぞ、リク！」
遠くからソラが叫ぶ。
やっぱり——俺は、リク、なのか？
視界《しかい》が不自然《ふしぜん》にゆがんで、少年は足を止める。
ざーざーと耳につく嫌《いや》な音がする。
もう、波の音は聴こえない。
聴こえるのは奇妙《きみょう》な音——これはなんの音だ？
視界は灰色《はいいろ》に染まり——再《ふたた》び少年は意識《いしき》を失《うしな》う。

少年は小さな洞窟《どうくつ》の前にいた。
耳につく嫌な音——大きな唸《うな》り声のような音が聞こえる。

いや――さっき聞いたあの音はもっと嫌な音じゃなかったっけ？

「シッ！　静かに――」

少年は振り返ると、後ろからついてきている少年――確《たし》かソラ、に話しかける。

「こういう時は、落《お》ち着《つ》いた行動《こうどう》が必要《ひつよう》なんだ――」

どうしてこの穴《あな》の中に入ろうとしたんだっけ。

そう――確かソラがこの中に怪物《かいぶつ》がいるって言ったから、ふたりで冒険《ぼうけん》に来たんだった。

あの頃《ころ》の俺たちにとっては、そんなことさえ大冒険だった。

洞窟の天井《てんじょう》にはぽっかり穴があいていて、そこから青空が覗《のぞ》いている。

「風だよ。風の音が怪物《かいぶつ》の声に聞こえたんだ」

「なーんだ、そうだったのか――つまんねえの」

ソラが頭の後ろに手を組み、大げさにため息をつく。

そのとき、風が再びごう、と唸り声をあげた。

「あれ？　あそこにあるの、なんだ？」

ソラが洞窟の奥《おく》に何かを見つけたらしく、走り出す。

「窓《まど》……いや、もっと大きい――？」

少年はゆっくりとソラの後を追う。

「とびら――？」

そこにあったのは、大きな扉だった。

この扉には見覚《みおぼ》えがあった。

どこかで見たことがあるはずだ——どこか……どこだろう？

少年は扉を調《しら》べるが、ドアノブも鍵穴《かぎあな》も見つからなかった。

「でも、どうやっても開かなそうだぜ」

少年は振り返ってソラに言うと、ソラは足元の小石を蹴《け》り飛《と》ばしていた。

ひとつ年下のソラのそういうしぐさを、ときどきひどく子どもっぽいと思うことがある。

「なあ、ソラ」

少年はソラに話しかける。

「俺、もっと強くなる。そしたらいつか一緒《いっしょ》にこの島から外へ出よう。こんなちっぽけな冒険じゃない、本当の冒険をしよう」

ソラは少年を見つめて笑顔を浮《う》かべている。

また風が大きな唸り声をあげる。

少年は背後《はいご》を振り返る。

扉が金色に光り輝《かがや》き始《はじ》め——その光に少年は飲み込まれていく。

苦しかった。

息が、心が苦しかった。

どうしてこんなに苦しいんだろう。

そこは薄暗い部屋。

豪華《ごうか》な装飾《そうしょく》の部屋《へや》だったが、どこかさみしかった。

少年は胸《むね》を押《お》さえながら、苦しげにあえぐ。


「リクや――」

呼びかけにはっと顔をあげると、真っ黒な服に身を包んだ背の高い女が立っていた。

その手には杖《つえ》を握りしめ、歩くたびにマントがなびく。

女からはなんだか嫌な匂《にお》いがした。

「闇の力に頼《たよ》りすぎると、心を闇に食われてしまうよ」

それはおまえの方だろう――と言葉が喉《のど》まで出た。

どうして俺はこんなことを思う？

俺はこの女とどういう関係《かんけい》なんだ？

俺は、やっぱり、リクという名前なのか？

わからない――なにもわからなかった。

大きなカプセルの中に少年はいた。

「私がわかるか？　レプリカよ」

呼びかけに少年はゆっくりとその瞼《まぶた》を開く。

目の前にいたのは黒いローブを身にまとった長い銀色の髪の男。

口元《くちもと》に貼《は》りついた笑《え》みは冷《ひ》ややかで、なんだか気味《きみ》が悪《わる》いと少年は思う。

「おまえは強くなる――あの闇の勇者《ゆうしゃ》の力を手に入れるのだから」

その声に再び少年は目を閉じた。


――変換率、35%――


「リクは、別の世界に行ったら、何をするの？」

カイリが夕陽《ゆうひ》を見つめながら言った。カイリの後ろにはソラが立っている。そして、3人の中央《ちゅうおう》には小さなイカダがあった。

白い砂浜――波の音。

ここは、あの島だ。

すでに少年はその名前が自分のものだと認識《にんしき》していた。

リク――それが自分の名前。

でも、ほんの少しだけ違和感がある。

「ソラみたいに他《ほか》の世界を見られれば満足《まんぞく》?」

カイリの問《と》いかけに少年は、少し考《かんが》えるとこう答えた。

「実《じつ》はそんなに考えてないいんだ。ただ――俺は、俺たちがどうしてここにいるのか知りたい。他に世界があるのなら、どうして俺たちは、ここでなくちゃダメだったんだろう?」

少年は夕陽のまぶしさに目を細《ほそ》めた。

「他に世界があるのなら、ここは、大きな世界の小さなカケラみたいなものだから、どうせ、カケラだったら――ここではない、別《べつ》のカケラでもかまわないわけだよな?」

この小さな島の小さな世界。ここより他の場所を見てみたかった。

どうして自分たちがこんなところにいるのか、知りたかった。

「じっと座っていても、何もわからない。自分で動かないと何も変わらない」

少年はゆっくりと海に向かって歩き始める。

「同じ景色《けしき》しか見えないんだ。だから――俺は動きたいんだ」

「リクっていろんなこと考えてるんだね」

カイリの声が少しだけさみしそうに感じたのは気のせいだろうか？

「カイリのおかげさ。カイリがこの島に来なかったら、俺、何も考えてなかったと思う」

そう――確か俺はカイリのことが好きだった。大切だった。

でも、カイリは――ソラが、好きだった。

俺はそれを知っている。

「ありがとう、カイリ」

だから、あのとき――本当はカイリに自分の気持ちを告《つ》げたかった。

でも、できなかった。


その少女をおまえのものにしてやろう。


「誰だ!?」

どこからか囁《ささや》きかける声に少年は振り返る。

いつのまにか海が真っ黒な色に染《そ》まっていた。


おまえが手に入れたいものはなんだ？

声はまるで少年の耳元で囁いているかのようだった。

地面が自分を中心にしてどんどんと黒く染まっていく。

闇が広がっていく。

全身《ぜんしん》が真っ暗な闇の中に取り込まれていく。


おまえの望《のぞ》みをかなえてやろう。


かなえてもらいたくなんかなかった。

自分の手でかなえたかった。

でも、俺はあのとき——どんなことをしても、カイリを手に入れたかったんだ。

俺？　いや——リクは、どんなことをしても手に入れたいと思っていたんだ。

少年は暗闇《くらやみ》の中で意識を失う。


その場所はあの城《しろ》の自分の部屋だった。

魔女《まじょ》マレフィセントの城、ホロウバスティオン。

「——カイリ……ソラ……」

カイリの心を取り戻すためなら、なんだってすると決《き》めた。

たとえそれが闇に手を染める行為《こうい》であったとしても。

少年はベッドから立ち上がると、部屋を出る。

階段《かいだん》を昇《のぼ》ると高い塔《とう》の上にある小さなベランダに出ることができる。

少年はそこから景色《けしき》を眺《なが》めるのが好きだった。

ぽっかりと心に穴があいていて、そこに風がふきこんでいるようだった。

世界中に自分がたったひとりみたいな、そんな——。

少年の頬《ほお》を冷たい風が撫《な》でていく。


気がつくと、少年は砂浜に立っていた。

目の前でナミネのスケッチブックをソラが覗き込んでいる。

「こんなの、似てないよ！」

その言葉にナミネが不安そうにソラを見つめた。

そのスケッチブックには、ソラの似顔絵《にがおえ》が描かれている。その似顔絵にソラは不満《ふまん》があるようだった。

「似てると思うけどな？」

少年はスケッチブックを覗き込みながら言った。

ソラの怒った表情にその絵はよく似ていた。

「似てないってば！　こんなの！」

ソラがナミネからスケッチブックを取り上げる。

「返して、ソラ！」

ナミネがそう叫んだ瞬間、バリバリッと大きな音がして、スケッチブックが破《やぶ》られた。

「——ソラ!?」

少年は叫ぶ。

ふたりの目の前でスケッチブックはびりびりに破かれてしまう。

「……ひどい……」

ナミネが破かれたスケッチブックの切れ端《はし》をかき集めようとしゃがみこむ。しかしソラはナミネを突《つ》き飛ばすと、その切れ端を踏《ふ》みつけた。

「……そんな……ソラになんか……ソラなんて……もう会いたくない！」

ナミネが泣《な》きながら叫ぶ。


ソラなんて、もう会いたくない——！

その瞬間、意識が飛んだ。


「本気?」

ラクシーヌが小バカにするような口調《くちょう》で言った。

「当たり前だ――」

ヴィクセンがパネルをなにやら叩《たた》いている。

その隣《となり》でナミネはカプセルの中で眠る少年を見つめている。

「ごめんなさい……」

小さく呟《つぶや》いた声は少年に届《とど》いているのかどうか――。


――変換率、43%――

少年は大理石でできたホールにいた。

どうやら大きな城の一室《いっしつ》のようだった。

「ここは――？」

少年は周囲を見回す。

こんな場所に見覚えはなかった。

扉が開き、人の気配がして、誰かが駆け寄ってくるのがわかる。

「リク！　リクじゃないか！」

その声の主は――ソラだった。

そして、自分の名前はリク。

呼ばれた名前を心の中で繰《く》り返しながら、少年はじっとソラを見つめる。

ソラはいまにも抱《だ》きつかんばかりに走ると、自分の前で立ち止まった。

なんだかひどく自分の記憶《きおく》が曖昧《あいまい》だと少年は思う。

俺は――どうしてここにいるんだ？

「おまえもここにいたのか！」

「『おまえも』だって？　まるで俺のことなんてついでに探《さが》してたみたいな言い方じゃないか」

すべるように自分の口から出てきた言葉に少しだけ不安を抱《いだ》きつつも、少年はソラを鼻で笑った。確か――俺たちは離《はな》れ離れになって――お互《たが》いを探してた……ような気がする。

そして、俺たちは今、ナミネを探している。

確《たし》かそういう筋書《すじが》きだった――筋書き？

少年は自分の頭に浮かんだ筋書きという言葉に疑問《ぎもん》を抱きながらも、ソラをにらみつける。

「……そんなつもりじゃ……」

少年の言葉にソラがうつむいた。

「ふん、言い訳《わけ》はよせよ。本当は俺のことなんて忘《わす》れかけてたんだろ？」

そう言いながらも、少年は自分の記憶に対する苛立《いらだ》ちを隠《かく》せない。

「そんなわけないだろ！　おまえを探してここまで来たのに！」

「でも今は違《ちが》うよな。今のおまえはナミネに会いたがっているだけだ。俺のことなんてどうでもよくなっているんだろ？」

「そんなことない！」

ソラが叫ぶ。

ナミネのことしか考えていないソラ。

自分も同じだった――でも、おまえにはカイリがいる。

だったら俺にナミネをくれてもいいじゃないか！

「ふん――ソラ、おまえはナミネの気持ちを考えたことがあるのか？」

「ナミネの……気持ち？」

ソラが驚《おどろ》いたようにその動きを止める。

「ふん、やっぱりそうか。なにも考えてなかったんだな。おまえはナミネに会いたがっている。でもナミネも同じとは限《かぎ》らない。そんなこと思ってもみなかったろ」

「まさか——」

あんなことをしたおまえにナミネが会いたいなんて思うはずない。

「ナミネの方はおまえの顔なんて見たくないってことさ」

「どうして!?」

ソラの記憶がなくなりかけていることは少年にもわかっていた。

でも——それにしたって、ソラは忘れすぎだ。

大切なこと——大切な思い出。

なにもかもソラは忘れようとしていた。

自分との記憶さえも。

でも少年には自分がどうしてソラが記憶を失《うしな》いかけていることを知っているのかさえもわからない。それが同時《どうじ》に自分への不安に直結《ちょっけつ》する。

俺は、ソラを憎《にく》んでいる。

ナミネもソラには会いたくない。

そのことだけが少年の中で確かな事実《じじつ》だった。

「理由はおまえの記憶に聞けよ。どうして島からナミネが姿を消したか、覚《おぼ》えていたらわかるはずだ」

「俺が……何かしたのか？ そのせいなのか？ リク……」

「帰れよ、ソラ。ナミネは俺が守る。ナミネに近づくヤツは——俺の敵《てき》だ！」

少年はソラに向かって剣《けん》を構《かま》えた。その周囲を闇が取《と》り巻《ま》き——少年は体に力があふれてくるのを感じる。

「なっ……なに考えてるんだよ！ 俺たち、やっと会えたのに！」

「なあ、ソラ。俺の気持ちも考えてなかったろ。おまえの顔を見たくないのはナミネだけじゃない。俺もさ」

少年は言い放つと、大きく跳《と》んだ。

どうして俺はソラに会いたくないんだ？

どうして俺はこんなにイライラしてるんだ？

心の中に疑問《ぎもん》ばかりを浮かべながらも、少年は剣を振り下ろした。

「リク、やめろ！」

ソラが少年の一撃《いちげき》をかろうじてキーブレードで受け止める。

「……っ！」

「少しは強くなったんじゃないのか？」

少年の記憶の中にいるソラはいつも勝負《しょうぶ》に負けていた。

「俺の顔を見たくないなんて――どうしてそんなこと言うんだよ！」

「ふん――ずっと言わなかっただけさ。俺はずっとおまえのことが嫌《きら》いだった」

ずっと――？

言葉を発《はっ》しながら、少年は躊躇《ちゅうちょ》する。

俺は本当にソラのことがずっと嫌いだったんだろうか？

わからない。

思い出せなかった。

「リクが本気なら――俺だって容赦《ようしゃ》しない……！」

ソラがキーブレードを振り下ろす。

「くっ……！」

かろうじて受け止める。

その力は強かった。

本物の力だった。

「リクこそ――少し弱くなったんじゃないのか？」

わずかに見せたソラの笑顔――それは親《した》しい者に向ける最上級《さいじょうきゅう》の笑顔で、少年は動揺《どうよう》する。

どうしてソラがこんな表情をできるのかわからなかった。

わからなくて悲《かな》しかった。悔《くや》しかった。つらかった。

少年の中で記憶が――思いが混濁《こんだく》する。

「――リク！」

追いすがろうとするソラを押《お》し除《の》けると、少年は走り出す。

わからない――少年にとってわからないことは恐怖《きょうふ》だった。

ここから逃げ出したかった。

どこか遠くへ行ってしまいたかった。

どこか――遠くへ。


廊下《ろうか》に倒《たお》れた少年の周《まわ》りをラクシーヌとヴィクセンが取《と》り囲《かこ》むように立っていた。

「あーあ、まだ無理《むり》だって言ったのに。あんたが急《いそ》ぐからよ、ヴィクセン」

ラクシーヌは少年の胴体《どうたい》に軽《かる》く蹴《け》りをいれながら言った。

「おまえが、ソラがもうフロアに来てしまうと言ったからではないか」

ヴィクセンは少年の体を抱《だ》き上げると、ラクシーヌに背を向ける。

「どうすんの？」

腕《うで》を組《く》んだまま、興味《きょうみ》なさげにラクシーヌが言った。

「記憶の書き換《か》えがまだ途中《とちゅう》だ――途中で記憶の螺旋《らせん》が崩壊《ほうかい》すれば、レプリカは崩壊してしまう。そうだったな、ナミネ」

「はい……」

ナミネは小さな声で答えると、青白い顔をした少年を見つめた。

「ならば記憶を完全なものにして、勇者と戦わせればよいのだ」

ヴィクセンはそう言うと、ナミネを従《したが》え歩き始める。

もう、やめてくれ──。

小さな声が聞こえたような気がしてナミネは振り返る。

「……レプリカ……?」

「どうした、ナミネ」

ヴィクセンの声にナミネは一瞬だけ目を閉じると、そのあとを追った。

第5章
RIVAL

リクは走る。
そして走っている街《まち》には見覚《みおぼ》えがあった。
マレフィセントとともに1度だけ来たことがある。
トラヴァースタウン。出会《であ》いの街――この街でソラと再会《さいかい》した。
いつも人がたくさんいて、にぎやかな街だった。
リクは足を止《と》めると、灯《あか》りのもれる小さな窓《まど》を見つめる。
あのとき――ここで、ソラの笑顔《えがお》を見た。
新《あたら》しい仲間《なかま》たちと笑《わら》うソラ――あの頃《ころ》のことはあまり思い出したくない。
ただ後悔《こうかい》だけが、リクの心を占《し》めている。
どうしてあのとき――。

少年はレンガでできた小さな家の前にいた。
周囲《しゅうい》は薄暗《うすぐら》く、窓からは灯りがもれている。

その中にソラがいた。

少年はその光景《こうけい》をじっと見つめている。

「ごらん、私《わたし》が言ったとおりだろう？　おまえは必死《ひっし》になってあの子を探《さが》していたけれど、あの子はちゃっかり新しい仲間を見つけていたってわけさ」

背後《はいご》からあの女――マレフィセントの声がした。

俺《おれ》は小さな窓の中の光景を見つめたまま、動けなかった。

ソラが仲間たちと笑っているのが見えた。

カイリが見つかっていないのに、笑っているソラ。

俺たち以外の誰かと笑っているソラ。

ただ、腹立《はらだ》たしくて――さみしくて――悲《かな》しくて――。

「あの子はね、おまえよりも、新しい友だちの方が大事《だいじ》なんだ」

本当か？

そうなのかもしれない。

ソラは俺のことなんかもう忘《わす》れてしまったのかもしれない。

ソラは俺のこと――俺？　俺は――誰《だれ》だったっけ。

「でもね、心配《しんぱい》することはないよ。あんな子のことは忘れて、私とおいで。おまえが望《のぞ》むものを見つけてあげるよ――リク」

そうだった。俺はリクだった。

ソラとカイリの友だちで――いや……誰か、もうひとり友だちがいた。

誰だっけ？

思い出せない――。

薄暗がりはそのままゆっくりと色を深《ふか》め――少年は闇《やみ》に包《つつ》まれた。


砂浜の上でナミネが座って絵を描《か》いている。

スケッチブックの中で、自分とソラ、そしてカイリが笑っていた。

「ここにナミネはいないのかよ？」

スケッチブックを覗《のぞ》き込《こ》みながら、少年は言った。

「私は――私の顔を見ることができないから」

「そっか」

それがさみしいと少年は思う。

確かにナミネは、ナミネが俺たちと笑っているところを見ることはできないから、仕《し》方《かた》ないのだけれど。

「じゃあ、俺が描《か》こうか？」

「え？」

少年はナミネのクレヨンを手にとると、絵を描き始《はじ》める。

自分と、ナミネの笑顔を。

頭の上には大きな太陽《たいよう》。

俺たちはいつも笑っていた。

ふたりで——幸《しあわ》せだった。

「ほら、これでどうだ？」

少年はふたりの笑顔を描いたスケッチブックをナミネに見せた。

ナミネの絵よりも下手《へた》くそだけど、ナミネはやさしく笑う。

「ありがとう、リク」

波の音がやさしい——そう少年が思ったのもつかの間《ま》、どこからか雄《お》たけびが響《ひび》き渡《わた》る。

「えっ——？」

振《ふ》り返《かえ》った少年の足元は突然砂浜《とつぜんすなはま》から断崖《だんがい》へと景色《けしき》を変え——大きな獣《けもの》が少年に襲《おそ》い掛《か》かる。

少年は必死《ひっし》で身《み》をかわすと、手にした剣《けん》で獣を切りつけた。

獣がうめき声をあげて倒《たお》れた。

「やめろ、リク！」

そこにソラの叫《さけ》びが響き渡る。

少年はゆっくりと振り返った。

「ソラ、遅《おそ》かったな。待《ま》ってたんだ、おまえを。俺たちはいつも何かを取り合ってた。おまえは俺のものを、俺はおまえのものを。俺たちはいつもなにかを競争《きょうそう》してた」

少年はゆっくりと話しながら、ソラを見下《みお》ろす。

そう――確かに俺たちはいつも競《きそ》い合っていた。

なにもかもを奪《うば》い合っていた。

「でも、もう終わりにしようぜ。勇者《ゆうしゃ》はふたりいらないんだ」

「何が言いたいんだ、リク」

ソラの言葉に少年はわずかに笑うと――念《ねん》じる。

俺は――強い。

俺が守《まも》るのは――ナミネとカイリ。

俺が守るのは、この世界。

「キーブレードが答えてくれる。本当の勇者が誰か！」

少年は右手を差《さ》し出した。その瞬間、ソラのキーブレードが強い力に引きずられるように振《しん》動《どう》し、光となって消えた。

そして、少年の右手に光り輝《かがや》くキーブレードが握《にぎ》られていた。

「おまえにカイリを救《すく》うことはできない。秘密《ひみつ》の扉《とびら》を開き、世界を変えることができる本当の勇者だけが、キーブレードを使いこなせる」

少年は空に向かってキーブレードを掲《かか》げた。その瞬間、キーブレードを中心《ちゅうしん》に闇が広がり、世界が回転《かいてん》した。


少年は息《いき》をきらして走りながら、自分に問《と》いかける。

自分が手にしたはずのキーブレードは再《ふたた》びソラの元に戻《もど》ってしまった。

俺がソラよりも弱いということなのか――それとも、何かほかに理由《りゆう》があるのか。

俺たちはずっと競い合ってきた。いつも俺が勝《か》ってた。

あのこと以外《いがい》――カイリのこと以外は。

やっぱり俺じゃ、ソラにかなわないっていうのか――。

「真《しん》に強い心の持《も》ち主《ぬし》がキーブレードを手に入れるのだ」

静《しず》かな声が少年の背《せ》に語《かた》りかけた。

「誰だ!?」

振り返るとそこには、黒いフードをかぶった男が立っていた。

「心が強くなければ、キーブレードには選《えら》ばれない」

「俺の心があいつより弱いっていうのか！」

「あの瞬間では」

悔《くや》しそうにうつむいた少年にフードの男はそっと歩《あゆ》み寄《よ》る。

「だが、人は強くなれる。闇を恐《おそ》れることなく、扉の奥《おく》へ進んだおまえには——勇気《ゆうき》がある。

さらに深い闇へ突《つ》き進《すす》むほど——おまえの心は強くなる」

「どうすればいいんだ——」

少年はのろのろと首を振った。

「闇に心を開くのだ。それだけでいい」

男の手がおもむろに、少年へと差し出されると、その体が闇色に包まれる。

「おまえの心そのものが、すべてを飲み込む闇になるのだ——」

男の言葉とともに——少年は体の中に力を感《かん》じていた。

何者にも負けない力。それは、闇の力。

闇の力があれば——誰にも負《ま》けない。

少年は——走り出す。


少年は再び闇の中にいた。

なにもない――真っ暗な闇。どちらに進んでいいのかもわからない。

存在《そんざい》も、声も、心も、なにもかもが飲み込まれそうな闇。

前にもここに来たことがある……？

少年は首を傾《かし》げる。

「リク！」

少年を呼ぶ声が聞こえた。

そう――俺の名前はリク――。

「リク！」

少年は闇の中でその声を聞く。

この声は誰の声だったっけ――。

薄《うす》くまぶたを開くと、日差《ひざ》しが飛び込んでくる。

まぶしい――。

「リク！」

「わっ！」

突然目の前に現《あらわ》れたナミネの顔に、少年はとび起きる。

「おどかすなよ、ナミネ」

「そっちが勝手《かって》に驚《おどろ》いたんでしょう？　リク」

ナミネはそういいながら、ほんの少し悲《かな》しそうな顔をした。

「なんだか苦《くる》しそうだったから」

「夢《ゆめ》を見てたんだ――なんだか真っ黒いものが俺に力をくれて――……」

「きっと、リクはもっと強くなるよ」

ナミネはそう言いながらもやっぱり悲しそうな顔のままだった。

「ソラもきっともっと強くなる」

少年が言うと、ナミネは首を振る。

「ううん――きっとリクのほうが強くなる。それにソラは――ねえ、リク？」

「なんだよ」

少年は立ち上がると、ズボンについた砂を払《はら》う。

「私ソラのこと――私がソラのせいで、この島からいなくなるって言ったら……」

「なに言ってるんだよ、ナミネ。そんなことあるわけないだろ？」

少年は笑いながら言った。

そんなことがあるわけない。

俺たちはずっとこの小さな島で楽しく過《す》ごすんだ。

「ううん――私……」

ナミネの姿《すがた》が少しずつぼんやりとしてくる。

「おい、ナミネ!?」

「……ごめんね、リク……ううん……レ……プ……」

「ナミネ!?」

少年は叫ぶ。

しかし、再び少年の意識は闇に包まれる。


ナミネは大きな機械《きかい》の前に立っていた。

残《のこ》りはあとわずか。ほんの少しの記憶をいじるだけ——でも。

その手がパネルに触《ふ》れようとしたその瞬間《しゅんかん》、背後から声がかけられ、ナミネは肩《かた》を震《ふる》わせる。

「なにしてるの？　ナミネ。そのニセモノの記憶《きおく》を勝手にいじろうとでもしてるのかしら？」

ナミネはゆっくりと振り返り、声の主の顔を確認《かくにん》する。

そこにはラクシーヌが薄笑いを浮《う》かべて立っていた。

「まただんまり？」

ラクシーヌに背を向けると、ナミネはモニターに映《うつ》し出された少年の顔を見つめる。

――変換率、87％――


「どっちもがんばって！」

カイリが叫ぶ。

その瞬間、がつん、と大きな衝撃《しょうげき》が木剣《ぼっけん》に伝《つた》わってくる。

ソラの攻撃《こうげき》を少年は受け止めると、にやりと笑った。

「もらった！」

少年は叫ぶと、ソラを弾《はじ》き飛ばす。砂浜に大きく転《ころ》がったソラの喉元《のどもと》に木剣をつきつける。

「……まいった」

ソラがため息をつきながら、両手《りょうて》をあげる。

「まだまだだな、ソラ」

笑いながら少年は言うと、ソラの手をつかんで引っぱった。

「次は負けないからな！」

助けを借《か》りながら立ち上がったソラが笑う。

「俺だって負けない」

ソラの言葉ににやりと笑って応《こた》えると、木剣を砂浜に投《な》げた。

木剣といっても、それは砂浜に流れ着いたただの木の切れ端《はし》で、本物の剣なんて握《にぎ》ったこともなかったけれど。

「ほんま、リクにいちゃんは強いなあ～」

チャンバラを見ていたセルフィが駆《か》け寄《よ》ってくる。

「次は俺ッス！」

ティーダが砂浜に転がっている木の切れ端を拾《ひろ》い上げる。

「よーし！　今度は勝つぞ！」

ソラが握り締《し》めたままの木剣を構える。

その様子《ようす》をとても幸《しあわ》せな気持ちで少年は見つめていた。


どこまでも続《つづ》く闇の中に少年は立っていた。

「また……」

何度こんな闇の中に立ったかわからない。

曖昧《あいまい》な記憶の中、いつも深い印象《いんしょう》に残っているのは、この暗闇ばかり。

その中にソラとカイリ、そしてナミネが浮かんでは消える。

もうすぐ目が覚《さ》める。

どこからか聞こえた声に少年は周囲を見回す。

おまえの名前は？

「俺の名前は……リク」
闇の中からの問いかけに少年が答えると、前方《ぜんぽう》に光が見えた。

さあ、扉を閉《と》じておいで。

「どういう意味だ？」

行けばわかる。

少年は声に従《したが》うように前方の光に向かって走る。
光の正体《しょうたい》は、大きな扉からもれる光だった。

そこに自分が立っていて、必死に扉を閉じようとしていた。

「これって——」

少年がそう声をあげた瞬間、視界《しかい》がゆがむ。

「……え？」

気がつくと、少年は大きな扉を必死に押《お》していた。

入れ替《か》わった……？

ううん、違う——これが、俺なんだ。

「カイリをたのむぜ、ソラ」

少年はそう扉の向こう側に向かって告げる。

扉の向こうでソラは頷《うなず》いたようだった。

カイリはソラにまかせておけばいい——そして、俺はナミネを守る。

扉がゆっくりと閉じたその瞬間、轟音《ごうおん》が響き渡る。

足元が崩《くず》れ始め——そして、周囲に光の雨が降《ふ》り注《そそ》ぐ。いくつもの流星《りゅうせい》が空に向かって放たれる。その流星をぼんやりと少年は見上げる。

この流星は——。

「怖《こわ》いよ……リク」

そこは島の小さな桟橋《さんばし》の上。少年とナミネはふたりで空を見上げていた。

空にはいくつもの流星。

まるで光の洪水《こうずい》のような星々が数《かぞ》え切れないほど落ちていく。

「今――……」

「怖い……」

少年は異変《いへん》をナミネに告げようとして、その怯《おび》えた様子に口をつぐむ。

俺は、夢を見ていたのか？

「大丈夫《だいじょうぶ》――俺が守ってやるよ」

少年はナミネにそう答える。

「本当？　島に星が落ちてきたらどうしよう」

「もし星が落ちてきたって、俺が全部はね返してやるよ」

そういって少年はナミネに笑いかける。

「……約束《やくそく》だよ」

「約束する」

小さな声で言ったナミネにリクははっきりと答えた。

ようやくナミネは笑い――そして星型《ほしがた》の小さなペンダントを差《さ》し出した。

「これ……約束のお守り」

それはパオプの実《み》でできたペンダントだった。

「この実を身につけている恋人同士《こいびとどうし》は絶対《ぜったい》に離《はな》れないんだって」

「それって――」

少年は、そのペンダントを受け取ると、首にかける。

「なにが起きてもいつかまためぐり合えるんだって」

そう言ってナミネは笑い――その笑顔が再びぼやける。


波の音が少年の耳にやさしい。

小島《こじま》から夕焼けを見つめながら、少年は思う。

今頃《いまごろ》――この波の名を持った少女はどこでなにをしているんだろう?

少年はじっと少女からもらったお守りを見つめる。

「なあ、リク。なに持ってるんだよ?」

ひょっこりと顔を出したソラが少年の手の中を覗《のぞ》き込《こ》んだ。

「あ、パオプの実じゃんか!」

少年はソラから隠《かく》すようにお守りをしまうと、再び海を見つめる。

「なあなあ、どうしたんだよ」

「……どうだっていいだろ」

ソラはどうしてだか、ナミネのことを覚《おぼ》えてはいなかった。

たぶん――それは、あの日、ソラがスケッチブックを破《やぶ》ってすぐにナミネがいなくなったから……ナミネにひどいことをした自分を忘れたかったからだと少年は思う。

ナミネのことを思えば思うほど――ソラの明るさが憎《にく》かった。

「見せろよ！」

「やめろってば」

ソラが少年の体をまさぐり、お守りを取り上げる。

「あれ？　これペンダントになってるんだ？」

「返せってば」

「誰からもらったんだよ？」

ソラがナミネのお守りを持って逃《に》げながらからかうように言った。

「やめろってば!!」

少年がそう叫んだ瞬間、ソラが転《ころ》び、お守りが地面に転がる。それを少年は拾い上げると、ソラをにらみつけて言った。

「……やっていいことと悪いことがあるだろ、ソラ」

「なんだよ――リクがナイショにするからいけないんだろ？　女の子にもらったから俺にヒミツってことかよ」

ソラの無意識《むいしき》に心の中に踏《ふ》み込むところが嫌《きら》いだった。

ソラ自身《じしん》が嫌いなわけじゃない――でもソラのように素直《すなお》になれない自分にとってはそれはうらやましくて、うとましくて――。

少年は夕陽《ゆうひ》の中じっとお守りを見つめる。


――変換率、100％――


手のひらの上に、黄色いパオプの実で作られたお守りがあった。

「ここは……？」

少年――レプリカは意識を取り戻《もど》す。

大理石《だいりせき》で作られた部屋にレプリカは立っていた。

奇妙《きみょう》な違和感《いわかん》がある。

「どうしたの、ナミネ？」

その名前にレプリカは顔をあげた。

ナミネ――……そうか、そうだった。

「やけにクラい顔しちゃってなに悩《なや》んでるのよ。ソラの記憶をいじったのを悔《く》やんでるってわけ？　それとも——」

少年はその言葉を遮《さえぎ》るように、ラクシーヌの前に立ちふさがる。

「やめろ、ラクシーヌ。ナミネはソラのことなんてもう思い出したくないんだ」

レプリカの言葉にラクシーヌは肩をすくめる。

「あっそ」

「安心してくれ。ナミネの苦しみは、全部俺が消してやる——昔おまえがくれたこのお守りに誓《ちか》って」

ナミネはただ悲しそうな顔でレプリカを見つめる。

「じゃあな」

そう言い放つと、レプリカはナミネに背を向け、部屋《へや》を出た。

大理石のホール。もう見慣《みな》れた風景《ふうけい》。

レプリカはソラを待《ま》ち続けていた。

ここで——ソラを倒さねばならない。

レプリカの心の中をその思いだけが占《し》めていた。

小さな足音にレプリカは顔をあげ、言った。

「しつこいな、ソラ。さっさと引き返したらどうだ」

その言葉にソラは足を止めると、にっこりと笑う。

「おまえとナミネを助けるまで帰れないよ」

「助けてほしいって頼《たの》んだ覚えはないけどな」

レプリカはそう言うと、剣を構えた。

そう――助けてもらう必要なんてない。

俺はこの忘却《ぼうきゃく》の城《しろ》で、ナミネと一緒《いっしょ》に過《す》ごすから――。

「カイリだってリクの帰りを待ってるよ！」

ソラの後ろにいた王の従者《じゅうしゃ》――グーフィーがそう叫ぶ。

「カイリ――……」

レプリカは呟《つぶや》く。

自分の記憶の中ではカイリの存在はひどく薄かった。

だって俺にはナミネがいるから。

「そうだ、カイリだっておまえの帰りを待ってる」

ソラの言葉にレプリカは鼻を鳴《な》らして笑うと言い返す。

「おまえこそ忘れたのか？　キングダムハーツの扉を閉《し》めるときに言ったはずだ。『カイリを頼む』ってな。俺はもう、あの島には帰らない。そう決めたんだ」

「カイリだけじゃないだろ！　たくさんの友だちが——」

ソラが必死に言葉を続ける。

たくさんの友だち——確かにいたかもしれない。

でも、カイリと同じようにほとんど記憶に残っていない。

「あんなどうでもいい連中《れんちゅう》なんてとっくに忘れたよ」

「なんだと！」

答えた言葉にソラが叫んだ。

「ソラ、おまえはどうなんだ？　島の連中の顔、ひとりひとり覚えてるのか？」

「そんなの、あたりまえ——……」

ソラが口ごもる。

ソラも少しだけ記憶を失っていることを感じて、ほんの少しだけレプリカは安堵《あんど》する。

そう——記憶が曖昧《あいまい》なのはこの城のせい——。

「気にするなよ。この城で過ごしているうちに誰でもこうなる。どうでもいいことを忘れて初めて、本当に大切なことを思い出せるんだ。俺は思い出したんだよ、ソラ。今の俺にとって一番大事なことがわかったんだ」

レプリカは笑いながら言葉を発《はっ》する。

「どうでもいいことなんて――――！」

「俺はここでナミネを守る。それ以外は、もうどうでもいい」

ソラの言葉を遮《さえぎ》るように言ったレプリカをソラはじっと見つめると、なぜか笑顔を浮かべた。

「なあ、リク――戦《たたか》ったら思い出すかな？」

そう言いながら、ソラはキーブレードを構えた。

「試してみろよ」

レプリカもゆっくりと剣を構える。

「ドナルド、グーフィー！」

「グァ！　わかってる！」

ソラの叫びに王の従者たちが壁際《かべぎわ》へと走っていく。

「邪魔者《じゃまもの》はいないってことか！」

「ふたりの勝負だ！」

レプリカの声にソラははっきり答えると、大きく跳《と》びはねた。

「――ッ！」

ソラの一撃をレプリカは受け止める。その強さに手がしびれた。

「思い出せよ、リク！　こうやって――砂浜でたくさんケンカしただろ！」

「――ふん、おまえが負けたことなら覚えてる！」

ソラの声にレプリカは答え、キーブレードをはねのけると、剣を振り下ろす。

「なら——もっと思い出せるはずだ！」

ソラが叫ぶ。

何度も何度もお互《たが》いの攻撃《こうげき》がぶつかりあい、ふたりの息《いき》が切れる。

「思い出せ、リク！」

がつん、と大きく衝撃《しょうげき》が走り、レプリカの剣が大きく宙《ちゅう》に舞《ま》った。

「くそっ——」

レプリカが膝《ひざ》をついた。

「リク——」

「おまえなんかと戦っても俺はなんにも思い出さない。もう少し戦ってみるか？」

レプリカはよろよろと立ち上がりながら、叫んだ。しかし、そんなレプリカにソラはそっと手を差し伸《の》べる。

「なあ、リク。ケンカなんかする暇《ひま》があったら一緒《いっしょ》にナミネを助けよう！」

「一緒に……だと？」

レプリカはソラの手を振り払う。

「おまえらしいよな。そうやっておまえは、いつも俺の心に踏み込んでくる」

「どういう意味だ？」

あの日――ナミネのことなんか忘れていたおまえがしたことを俺は忘れない。
「ふん、どうせ忘れたんだろ。おまえにとってはどうでもいいことだったんだ！」
そしてレプリカはソラに背を向け、階段《かいだん》を駆け上り、扉を走り抜《ぬ》ける。
ナミネとの思い出――そしてお守り。
でも、どうして、俺はこんなにソラのことが嫌いなんだろう？
どうして――なぜ？

ナミネはスケッチブックを抱《だ》きしめたまま、大きな水晶《すいしょう》に映る彼《かれ》らの姿を見つめていた。

そんな彼女《かのじょ》にアクセルがゆっくりと歩み寄り、言う。

「――心から同情するね」

ナミネは顔をあげると、アクセルをじっと見つめる。

「やめときな。誰でもない俺たちは誰にもなれない」

アクセルの言葉にナミネは再びうつむくと、膝の上に視線を落とした。

すべての出来事《できごと》は自分のせい――自分がやったこと。

「なあ、ナミネ。おまえには他《ほか》にできることがあるんじゃねえのか」

アクセルが囁《ささや》くように言った。ナミネはうつむいたまま、じっと動かない。

第6章

RELENT

「よう――ニセモ……いや、リク」

ソラに負《ま》け、逃走《とうそう》したレプリカの前に現《あらわ》れたのは赤い髪《かみ》の男――アクセル。

「何《なん》の用《よう》だ」

レプリカは肩《かた》で息《いき》をしながら、アクセルをにらみつける。

「勇者《ゆうしゃ》は強かっただろう?」

アクセルはにやにやと笑《わら》いながら、レプリカに歩《あゆ》み寄《よ》る。

「ナミネも強いヤツが好《す》きだってよ」

「………」

アクセルの言葉《ことば》にレプリカはうつむき、唇《くちびる》をかみしめた。

なにがいけなかったのか――どうして、俺《おれ》はこんなにソラが嫌《きら》いなのか。

レプリカは曖昧《あいまい》な記憶《きおく》の中、迷《まよ》い続《つづ》けている。

「どうだ? リク――もっと強くなってみないか?」

「どういう意味《いみ》だ」

アクセルがレプリカにカードを投《な》げつける。

「そのカードを使えばおまえはもっと強くなれる。どうだ?」

「……なぜ俺を助《たす》ける」

床《ゆか》に落《お》ちたカードを見つめながら、レプリカは言った。

カードは真っ黒でなにも描《えが》かれてはいない。

「そりゃあオレも勇者《ゆうしゃ》を倒《たお》したいからさ」

アクセルの言葉にはなにか裏《うら》がある——そう直感的《ちょっかんてき》にレプリカは思う。しかし、今の自分がソラに勝《か》つためには力がたりないのもまた事実《じじつ》だった。

「さあ、行くんだ——リク」

レプリカはカードを拾い上げると、その視線《しせん》の先にある扉《とびら》へと向《む》かう。

「そう——扉にカードをかざすんだ。そうすればおまえはもっと強くなることができる」

アクセルの言葉に誘《さそ》われるようにレプリカはカードをかざした。

その背中《せなか》を見つめながら、アクセルは口元《くちもと》をほころばせ、その姿《すがた》を消した。


出会《であ》いの街《まち》、トラヴァースタウンを越《こ》えたあとに続いたのは、ハスの花が咲《さ》き乱《みだ》れるワールドだった。その世界に見覚《みおぼ》えはないとリクは思う。

「誰《だれ》の記憶なんだ……?」

呟《つぶや》きながらリクは、ハートレスにソウルイーターを振《ふ》り下《お》ろす。記憶があろうとなかろうと、ハートレスが——闇《やみ》がリクについて回るというならば、それを倒《たお》すだけだった。

自《みずか》らの闇に勝《か》たなければ未来《みらい》は見えない。

リクはひたすら走り続ける。


誰もいない大理石《だいりせき》のホールで、ドナルドがキョロキョロとあたりを見回《みまわ》す。

「またリクが待《ま》ち構えているかと思ったけど……」

「いないねえ。ソラと戦《たたか》う気がなくなったのかな？」

ドナルドの言葉にグーフィーが続いた。ふたりとも心配《しんぱい》そうにソラを見つめていた。今までどこかのワールドを出るたびリクが待ち構《かま》えていたのに、ここにはいない。

「だと、いいけどな……」

ソラはひとりごとのように言うと、眉《まゆ》をひそめる。

その様子《ようす》を水晶《すいしょう》を通して見つめる3つの人影《ひとかげ》があった。

「どうなってんの、ヴィクセン？　あんたの言うことを聞くはずの〝リク〟は、どこで何をやってるわけ？」

ラクシーヌが綺麗《きれい》に整《ととの》えられている眉をあげて、ヴィクセンをにらみつける。その横でアクセルはにやにやと笑っている。

「ソラを誘い込《こ》むためにわざと姿を隠《かく》してるのさ。そういうことにしといてやれよ」

アクセルはラクシーヌにそう言うと、ヴィクセンを見つめた。

今ごろリク――いや、レプリカは世界《せかい》をさまよっているはずだった。

すべての計画《けいかく》がうまくいっている、とアクセルはほくそ笑《え》む。

「ごめんなさ～い。ヴィクセンの研究《けんきゅう》って役に立つんだか立たないんだかさっぱりわかんないのよね～」

「だまれ！」

ラクシーヌの言葉にヴィクセンが怒《いか》りのあまり震《ふる》えだす。

「へえ……ホントのこと言われたから悔《くや》しいがってんだ。あんたも意外《いがい》と単純《たんじゅん》ね～」

「言わせておけば――」

ふたりの仲間《なかま》割《わ》れもすべて予測可能《よそくかのう》な出来事ばかりだった。

そして――立役者《たてやくしゃ》の登場《とうじょう》だ。

「やめろ」

ラクシーヌとヴィクセンの間《あいだ》に割って入ったのは、マールーシャ。この城《しろ》の責任者《せきにんしゃ》でもあった。アクセルはその男をちらりと見ると、腕《うで》を組《く》む。視界《しかい》の隅《すみ》に映《うつ》っているナミネはまるで追《お》いつめられた小さな生き物のようにうつむき、震えているようにも見えた。

「ヴィクセン、あなたの作戦《さくせん》が失敗《しっぱい》に終わったのは事実だ。これ以上われらを失望《しつぼう》させるな」

マールーシャの言葉に、青白いヴィクセンの顔が一瞬《いっしゅん》生気《せいき》が戻《もど》ったかと見えるほど赤らむ。

「失望だと――図《ず》に乗《の》るな！　われらの機関《きかん》においてきさまのナンバーは11。ナンバー4の私《わたし》が、きさまごときに指図《さしず》されてたまるか！」

マールーシャにつかみかからんばかりの勢《いきお》いで、ヴィクセンが叫《さけ》んだ。

「だが、この城とナミネをまかされたのは、この私だ。この場で私に逆《さか》らうのなら機関への反《はん》逆《ぎゃく》とみなす」

「反逆者は消《け》す。そーいうオキテだったわね～」

マールーシャの言葉が楽しくてたまらないというようにラクシーヌが笑う。

そう――反逆者は消えるのみ。それが機関の掟《おきて》だった。

「機関の名において告《つ》げる。あなたの作戦は失敗だ。この失態《しったい》については、われらの指導者《しどうしゃ》に報告《ほうこく》させてもらう」

指導者――かつて、別《べつ》の名と記憶を持っていた男。

そして彼《かれ》こそが、本当のニセモノ。アンセムという名を騙《かた》った男――。

「なっ――待ってくれ、それだけは！　それだけは許《ゆる》してくれ！」

ヴィクセンの懇願《こんがん》にマールーシャはにやりと笑うと、静《しず》かに告げた。

「ならば条件《じょうけん》がある」

「条件？」

ヴィクセンが顔をあげる。

「あなた自身の手でソラを消せ」

「なに!?」

アクセルは、ヴィクセンに発《はっ》せられた命令《めいれい》に驚《おどろ》いたふりをしながら、視界《しかい》の端《はし》で肩《かた》を震《ふる》わせるナミネを意識していた。


扉の向こうは美《うつく》しい夕焼《ゆうや》けの世界だった。

「ここは——？」

夕焼けのまぶしさに目をしばたたかせながら、レプリカは周囲《しゅうい》を見回《みまわ》す。

「こんなところで——強くなることができるのか？」

そこはひどく穏《おだ》やかな雰囲気《ふんいき》に満《み》たされていた。

この城で人は失った記憶を取り戻す——そういわれてはいたけれど、こんな場所に見覚えはない。自分の心を満たしている絶望的《ぜつぼうてき》な暗闇に比《くら》べ、街の雰囲気はとても暖《あたた》かかった。

レプリカはゆっくりと歩き始める。その街の中にハートレスの気配はなかった。

ふいに空気が揺《ゆ》らぐ。

「えっ？」

レプリカの目の前を金色の髪《かみ》の少年がスケートボードに乗って走り抜《ぬ》けていく。

少年はレプリカには気がつかないようだった。

「待てよ！」

スケートボードで坂道を走り抜ける少年をレプリカは追いかけ走り出す。

少年を追った先は広場《ひろば》のようになっていた。いくつかのお店が点在《てんざい》している。しかし、そこには人間の姿を見つけることはできなかった。レプリカはため息をつくと、広場を歩き始める。

「いったいなんだったんだ――……」

金色の髪をした少年の姿はまるで幻だったかのように見つけることができなかった。

夕焼けに染まっている街の中を、さまようようにレプリカは歩き始める。

歩《ほ》を進めていると、街の外れの少しだけさびれた雰囲気の一角《いっかく》にたどりつく。そして、壁《かべ》の一部に大きな穴《あな》を見つける。

「――なにかあるのか？」

呟《つぶや》くと、レプリカはその穴へ近寄《ちかよ》った。

ようやくハスの森を抜けたリクの目の前にいるのは、巨大《きょだい》なハートレス――トリックマスターだった。リクは怯《ひる》む隙《すき》を見せず、勢《いきお》いをつけて大きくジャンプすると、トリックマスターの腕にソウルイーターを振り下ろす。

「——こんな——ハートレスばかり……」

着地《ちゃくち》しながらリクが悔《くや》しそうに言ったのと同時《どうじ》に、トリックマスターの腕がリクに叩《たた》きつけられる。撥《は》ね飛ばされたリクはかろうじて指先で地面を捕《つか》まえる。そのまま壁を蹴《け》り、再《ふたた》びトリックマスターに切りかかる。地面との摩擦《まさつ》で爪《つめ》がはがれていた。

それでも——倒さなければならなかった。

それでも、進まなければならなかった。

ソラと、再びめぐり合うために——自《みずか》らの闇と決着《けっちゃく》をつけるために。

穴をくぐると、薄暗《うすぐら》い森だった。レプリカは周囲を見回しながらゆっくりと進んでいく。陰《いん》鬱《うつ》な空気が森を支配《しはい》している。それはまるで自分の心の中のようだとレプリカは思う。

どうして俺はソラに勝てないのか——どうして俺はソラと戦いたいのか。

それはナミネがソラを嫌《きら》っているから。

ナミネがソラにもう会いたくないというなら、俺は、ソラを止めなければならない。

簡単《かんたん》な理由《りゆう》のはずだった。

なのにどうしてかひどく心が暗い——。

レプリカはポケットに入れたナミネのお守りを握《にぎ》り締《し》める。

俺は確《たし》かにナミネと約束《やくそく》した。それはウソじゃない——。

だから、俺はソラを倒さなければならない。

遠くに明るい日差しが見えた。

レプリカは不安《ふあん》を断《た》ち切《き》るように走り始める。

走りきった先は——大きな屋敷《やしき》の前だった。

「……ソラ?」

そこにソラとヴィクセンが対峙《たいじ》しているのが見える。レプリカの存在《そんざい》にまだふたりは気がついていないようだ。何事かを叫《さけ》びあっている。

「なんだ、おまえも来たのか——リク」

背後《はいご》から突然《とつぜん》かけられた声にレプリカは振り返る。そこにはアクセルが立っていた。

「いったいなにが起《お》きようとしてるんだ——それに、ここに来れば強くなるなんて——」

「そんなこと言ったかなあ?」

アクセルはにやりと笑う。

「俺をだましたのか?」

「そういうわけじゃない——見てみろ、リク」

その言葉にレプリカが振り返ると、ソラとヴィクセンが戦い始めていた。仲間たちの援護《えんご》によって、ソラは確実《かくじつ》にヴィクセンにダメージを与えている。

「やっぱり強いねえ、アイツは」

「………」

アクセルの言葉に無言《むごん》でレプリカはソラを見つめる。

確かにソラは強かった——でも。

「そんなこと、どうでもいいっ！　リクを元にもどせ！」

ソラがキーブレードをヴィクセンにつきつけ叫んだ。

「ありゃ。そろそろ行かないとまじぃかな？」

アクセルが言葉をもらす。

「元にもどせ、だと？　おろかな……何ひとつわかっていないようだな。あのリクはもう、虚《きょ》無《む》の暗闇に落ちるしかない」

今なんて……？

俺が虚無の暗闇に落ちる……？

ヴィクセンの言葉にレプリカは動揺《どうよう》する。

「はは、こりゃ計算外《けいさんがい》だな」

たいした問題ではないかのようにアクセルが笑う。

「——どういう意味だ」

レプリカの言葉にアクセルが、今度はにやりと笑った。

「おまえは先に行ってろ——俺が始末《しまつ》をつける」

アクセルがそう告げた瞬間——レプリカの体が光に包《つつ》まれた。

「なに!?」

その瞬間、レプリカはいつもの大広間に立っていた。

「なにが——」

いったいなにが起きたのかわからない——。

虚無の暗闇?

そしてあいつ《アクセル》は何をたくらんでるんだ?

俺はどうすればいいんだ?

なんだか——頭がズキズキする。


ソラなんか嫌い!


確かにナミネはそう言った。

本当にそう言ったのか?

記憶《きおく》がどんどんと曖昧《あいまい》になっていく。
ただひとつ俺がわかっているのは——ナミネをソラから守るということ。
そのためにはソラを倒さなければならない。
ナミネを守らなければならない。
レプリカがそう自分に言い聞かせた数分後——、人がやってくる気配《けはい》がした。
それはソラたちだった。
「ソラ……おまえが進めばナミネが傷《きず》つく」
レプリカに気づかずにすれ違っていったソラの背中に、レプリカはそう声をかける。
それが真実《しんじつ》だとレプリカは信《しん》じきっていた。
それ以外の真実などありえないと。
「まだ戦う気なのか？　おまえを操《あやつ》っていたヴィクセンは消えたのに！」
振り返ったソラが叫ぶ。
ヴィクセンが俺を操《あやつ》っていた？
ソラから叫ばれた言葉に一瞬だけレプリカは眉をひそめる。
しかし——ナミネへの思いがその疑問《ぎもん》をかき消《け》した。
そう——俺は、ナミネと約束したんだ。
「おまえを止めてナミネを守る。それが俺の心だ」

レプリカは剣《けん》を構《かま》えながら、ソラにゆっくりと告げる。

「一緒《いっしょ》に守ればいい！」

ソラと一緒にナミネを守るなど、ありえないことだった。

なぜなら――ナミネはソラを嫌っているから。

「ナミネを守るのは俺だ！　ずっと昔に約束したんだ」

レプリカは叫ぶ。


約束だよ。

約束する。


俺たちはあの夜――確かに約束した。

「俺たちが小さかった頃《ころ》、たくさんの流れ星が落ちた夜があった。ナミネが『島に星が落ちたらどうしよう』って心配するから俺は言ってやったんだ。『もし星が落ちてきても俺がナミネを守る』って――」

「それって――ソラの話とおんなじ!?」

レプリカの話の途中《とちゅう》でグーフィーが叫んだ。

「どういうことだ？」

「だって……俺だって、あの時ナミネと約束したんだ。流れ星の夜に、守るって！」

ソラの記憶も自分のものと同じだと言い張《は》っている。

「ウソをつくな！　あの時おまえはいなかった！」

レプリカは叫ぶ。

あのとき——俺たちはふたりきりだった。そばにソラはいなかった。

「いなかったのはリクの方だろ！　俺、あの時ナミネからお守りをもらってる！」

「お守りだと……？」

「ほら！」

ソラが胸元《むなもと》から出したお守りは——自分の持っているものと同じ。

「なんでおまえがそれを——そうか……わかったぞ」

レプリカは剣を構えたままソラに近づく。

「……リク？」

「そいつはニセモノだ！　本物は俺が持ってるんだ！」

そう叫びながらレプリカもお守りを取り出した。

「なっ……どうなってるんだ！」

「ニセモノは消してやる！」

レプリカは跳《は》ねると、ソラに撃《う》ちかかった。

「うわッ！」

ソラがかろうじてリクの攻撃《こうげき》をキーブレードで受け止める。

「ニセモノなんかじゃない！　これは俺がナミネにもらったんだ！」

ソラも叫んだ。

「俺が本物だ！」

その声に反発《はんぱつ》するように、レプリカはソラをはねのける。

しかし――。

「本物は俺のペンダントだ！」

キーブレードの大きな衝撃《しょうげき》が自分の剣に伝《つた》わり、レプリカは弾《はじ》き飛ばされた。

「――クッ！」

レプリカは肩《かた》で息をしながらゆっくりと立ち上がる。

どうして――勝てない？

なぜ――記憶が同じなんだ？

俺が落ちていく虚無の暗闇って――？

いくつもの疑問が頭の中でぐるぐると回り始める。

「リク！」

ソラが叫ぶが――それを拒絶《きょぜつ》するようにレプリカは走り始める。

そのポケットからあのペンダントがこぼれ落ちたことにレプリカは気づかない。


城の地下の薄暗い部屋――。

どこかに出かけていたらしいレクセウスがゼクシオンの前に姿を現した。

「どうかなさいましたか、レクセウス」

ゼクシオンの言葉に一瞬レクセウスは不快《ふかい》と憂《うれ》いが混《ま》ざったような表情を見せ、その後、落ち着《つ》いた口調《くちょう》で言葉を発する。

「ヴィクセンが消滅《しょうめつ》した」

「ええ、嗅《か》ぎ取っていましたよ。アクセルによって、ヴィクセンの存在が消される匂《にお》いを。機関の仲間同士で――嘆《なげ》かわしいことです」

心からゼクシオンがそう思っているかどうか――ゼクシオンの表情からは読み取ることができない。ただ薄暗い部屋の明かりが彼らを照《て》らしている。

「問題はソラだ。あのヴィクセンを倒すほどの力を持った勇者が、いまだにナミネに支配されている。いずれソラはマールーシャのあやつり人形《にんぎょう》となるだろう」

そう言ってレクセウスは目を伏《ふ》せた。しかし、その言葉にたたみかけるようにゼクシオンが問いかける。

「では、どうなさいます。マールーシャの手に落ちる前に僕《ぼく》たちがソラを消しますか？」

ソラを消す――その言葉にゆっくりとレクセウスが目を見開いた。

「その必要《ひつよう》はあるまい。マールーシャが、ソラという光を手に入れるなら、俺たちは闇を手に入れる」

「――リク、ですか」

ゼクシオンの言葉にレクセウスは頷《うなず》くと、姿を消した。


大きな水晶《すいしょう》のあるその部屋の隅《すみ》で、ナミネは椅子《いす》に座《すわ》ったままうつむいていた。

今ごろ――ソラはあの島に向かっている。その島には私がいて――それで、ソラは最後の記憶のかけらを手放《てばな》す。

「ナミネ」

かけられた言葉にナミネは顔をあげる。

そこに立っていたのはアクセルだった。

この〝機関〟の男に、ナミネは奇妙《きみょう》な違和感《いわかん》を抱《いだ》いていた。

「あいつには、もうおまえだけさ」

アクセルが静かに言った言葉にナミネは再びうつむく。

そうするために、ソラの記憶を組み替《か》えたのは私――でも、もう私にはどうすることもできない。

「あいつを救《すく》えるのはおまえだけだ」

アクセルの言葉にナミネは顔をあげる。

アクセルが言っている意味がよくわからなかった。

「もう一度言おうか？　あいつを救えるのはおまえだけだ」

「でも……遅《おそ》すぎます」

ナミネは小さな声で答える。

なにもかもが動き始めたあと――すべてはもう遅いはず。

「決め付けるには早すぎるだろ」

アクセルはナミネに近づくと、彼女《かのじょ》の顔を覗《のぞ》き込んだ。

「なあ、ナミネ。気づいてるか？　今ここにマールーシャはいない」

「それはどういう……」

顔をあげたナミネににやりとアクセルは笑う。

「おまえを止めるヤツは誰もいないってことさ」

それは――つまり、あなたは私を止めないということ？

ナミネはゆっくりと立ち上がる。

「うまくやれや」

その言葉にナミネは小さく頷くと部屋を飛び出した。

「……ククク……」

ナミネの背を見送ったアクセルは笑い出す。

「ははははははッ。やっと面白くなってきた。地味《じみ》に立ち回ったかいがあったな」

アクセルはゆっくりと水晶の前に歩み寄り、そこに映《うつ》し出されたソラを見つめる。

「さあて……ソラ！　ナミネ！　リク！　マールーシャ！　ラクシーヌ！　せいぜいハデにカチ合って俺を楽しませてくれよ」

そう笑いながら言うと、アクセルは水晶に手を触《ふ》れる。

そこに映し出されたのは——レプリカ。

「——そしておまえが最後の引き金をひくんだ——ニセモノ」

水晶の中、廊下《ろうか》を走るレプリカを見つめながら、アクセルは呟《つぶや》いた。


ナミネは城の階段《かいだん》を駆《か》け下りる。

ソラは今、あの白い部屋《へや》にいるはずだった。

急がなければ——間に合わない。

その瞬間、ナミネはなにかにぶつかる。

「あっ──」

機関の者か、とナミネが身構えたその相手は、レプリカだった。

「──ナミネ!」

青白い顔をしたレプリカの叫び声にナミネは肩を震わせる。

「……リク……ううん……レプリカ……」

小さくナミネは言うが、その言葉はレプリカには届《とど》かない。

「なあ、ナミネ! 俺、ナミネがソラを嫌いだって言ったから──ナミネがソラに会いたくないって言ったから──俺がナミネを守ろうと思って──でもナミネ……あいつも俺と同じペンダントを持ってて……──どういうことなんだ!? ナミネ!」

頭をかきむしりながらレプリカは叫ぶ。

「……私……」

ナミネは一瞬うつむくと、まっすぐレプリカを見つめる。

「ごめんなさい」

小さな声でそう告げたナミネの肩をレプリカは強い力でつかんだ。

「ごめんなさいって──どういう──」

「私があなたの記憶を作ったの──あなたの記憶がニセモノで……ううん、ソラの記憶もニセモノ。私は記憶を操る……魔女《まじょ》なの」

ナミネはゆっくりと、はっきりとした口調でそう告げた。

「俺の記憶が……ソラの記憶がニセモノ？」

「記憶の鎖《くさり》をつないで、あなたたちの記憶を作ったの。そしてあなたの記憶は、リクの記憶の鎖をつなぎあわせたニセモノ――私がヴィクセンの作った人形に記憶を吹《ふ》き込《こ》んだだけ」

ナミネの言葉でレプリカは力が抜けたように床に座り込む。

「ごめんなさい……私が、間違《まちが》っていたの……だから、私、行かなくちゃ」

「どういうことだよ、教えてくれよ、ナミネ！」

頭を抱《かか》えてレプリカが叫ぶ。ナミネは後ずさる。

「今は時間がないの――ごめんなさい……レプリカ」

ナミネはレプリカに背を向けると再び走り始める。

「待ってくれよ！　ナミネ！」

レプリカの声にナミネは振り返らず、走り続ける。

「ナミネ――！」

レプリカの叫びは誰にも届かない。

ようやくたどりついた広間には嫌《いや》な匂《にお》いが立ち込めていた。

揺らいだ気配にリクは立ち止まると、ソウルイーターを構える。

「……匂いでわかる。おまえも『誰でもない者《ノーバディ》』だな」

リクの言葉に姿を現《あらわ》したのはレクセウスだった。

「俺はレクセウス。さすがだな、リク。よくここまでたどりついた。見事だ。だがそれほどの力を持ちながら闇を恐《おそ》れるとは……惜《お》しいな」

レクセウスの言葉にリクは眉をひそめる。そして自分に言い聞かせるように告げた。

「恐れてなんか……いない。俺は――」

「俺にはわかる」

続けようとしたリクの言葉を遮《さえぎ》り、レクセウスはゆったりとした口調で、

「おまえは闇を支配する者になれる。闇におびえる弱さを捨《す》てて心を開き、闇をつかめ」

そう言葉を続ける。

「嫌だと言ったら？」

リクはそう答えると、レクセウスとの間合いをじりじりと詰《つ》めていく。

闇をつかんで手に入れる強さなど必要なかった。

自分自身の力だけで――強くありたかった。

答えたリクにレクセウスは一瞬笑うと、大きな斧《おの》のような剣を構えた。

「おまえは光も闇も失い、ここで消える！」

レクセウスがそう叫んだ瞬間、大きな闇の力がレクセウスから放出された。それはあのアンセムの力を思い出させるほどのものだった。

「ぐっ!?」

その衝撃を受けたリクの体が揺《ゆ》らぐ。

「これが闇の力だ！　闇におびえる弱い心の持ち主にこのレクセウスは倒せない。さあ、あきらめて闇に心を開け！」

「断る！」

リクはソウルイーターを振りかざすと、そのままレクセウスへと走りこむ。

「俺は――闇などを恐れてはいない！」

「はっ！　戯言《ざれごと》を！　おまえはもっともっと強くなる――闇を受け入れぬのならば、おまえなぞ――砕《くだ》けろ！」

レクセウスの剣がリクを撥《は》ね飛ばすと同時に、床をえぐる。大理石の塊《かたまり》が撒《ま》き散《ち》らされ、それをレクセウスはその拳《こぶし》で砕《くだ》いた。

「くッ――！」

リクは襲《おそ》い掛《か》かった破片《はへん》をジャンプして避《さ》けながら、レクセウスの頭上から後方《こうほう》へと移動《いどう》し、着地寸前《ちゃくちすんぜん》身体《からだ》をひねりながら、レクセウスの背へ切りかかった。

「いくぞ！」

そして立て続けにレクセウスにダメージを与《あた》えていく。しかし、

「まだまだぁ！」

今度は、レクセウスが武器をリクに向かって投げつける。

「ぐぁ……ッ！」

床でバウンドした武器がリクに襲い掛かった。

「——俺は……おまえなんかに……闇なんかに負けない！」

膝《ひざ》をついたリクは低い体勢のまま、レクセウスの懐《ふところ》に飛び込むと、ソウルイーターを切り上げた。

「ぬうっ……これほどの力とは……」

がくり、とレクセウスが膝をついた。レクセウスとの間合いを保《たも》つため、撥ねるように大きく後退《こうたい》したリクの息も荒《あら》い。

「どうした——レクセウス……」

荒い呼吸《こきゅう》を繰《く》り返《かえ》しながら、リクはそう声をかける。

闇の力を使わずとも——俺はおまえに勝つことができる。

「闇なんて……大したこと……ないな。俺の……勝ちだ」

そう告げたリクに、レクセウスはにやりと笑った。

「ふん……こうなっては、負けを認《みと》めるしかあるまい。だが、わが闇をなめるなッ！　滅《ほろ》びゆく俺が生み出す闇がおまえを飲み込むのだ！」

次の瞬間、戦いの初めに放たれた闇よりもはるかに大きい衝撃が、ふたたびリクに襲いかかる。

「なっ――なんだと！」

リクの周囲を強大な闇が取り巻《ま》いていく。

やがて闇に包まれ、姿が見えなくなっていく。

「ハハハハハ！　これが機関のNO.5……あの人の愛弟子《まなでし》だった私の力だ！」

その言葉を最後にレクセウスの体も――闇に包まれて消えていった。


そこは――闇だった。どこまでもどこまでも続く闇――。

リクはひとりでそこに立っていた。

「俺は……どうなったんだ……。ここは……？」

周囲を見回し、リクは呟く。そこに囁《ささや》きかける声があった。

「見える……見えるぞ……」

「レクセウスか!?」

叫んだリクをあざ笑うように、その声は耳元で響《ひび》いている。

「リク……おまえの心が見える……」

「いや、違う！　この強い闇の匂いは……こいつは、まさか!?」

「そうだ……思い出せ……。心に私を思い浮かべろ……」

その気配――その匂いにリクは覚えがあった。

この匂い――そう。

「アンセム！」

リクはその名を叫ぶ。

それは自らに巣食《すく》った闇自体《じたい》の名前でもあった。

「くっくっくっく……。リク……私の名を呼《よ》んだな。私のことを……考えているな……」

その声にぞくり、とリクの背中を悪寒《おかん》が走る。

あの記憶――思い出したくもない、記憶だった。

アンセムに体を乗っ取られた瞬間のあの嫌な感じ――。

「私の闇を……恐れているな……。それでいい……。おまえが私を思うほど私の復活《ふっかつ》は近づき
……やがてめざめた私は……おまえの心を……」

リクは思わず後ずさる。

周囲の闇がどんどんと自分に迫《せま》ってくる気がする。

闇が――自分の心に迫ってくる。

「支配するのだ！」

そう声が聞こえた瞬間、目の前にあの男が立っていた。

その男――アンセム。

リクはその冷たい視線にまるで体が凍《こお》りついたように動かないのを感じる。

どうすれば、闇から逃《のが》れられるのか。どうしたら、アンセムから逃れることができるのか。

アンセムの視線が――リクを射抜《いぬ》く。

「リク、ダメだ！　アンセムにとらわれる！」

どこからかもうひとつの声が聞こえてきたその瞬間、一筋《ひとすじ》の光がリクに向かって放たれる。

「その声は――王様！」

その叫びとともに、周囲が光に包まれた。

「おのれ、王め！」

アンセムの叫びが光にかき消される。

「う――」

気がつくと、リクはあの広間に倒れていた。

少しふらふらするが――どこにも痛《いた》みはない。

「王様が……守ってくれた？」

リクは呟くと、ゆっくりと立ち上がる。

「王様！　どこにいるんだ？　返事してくれ！」

必死にホールの中を探《さが》し回るが、その姿は見えない。そして、声ももう聞こえなかった。

「そばにいてくれるんだよな……王様……」

リクは拳を胸元《むなもと》で握り締めると、小さく呼びかける。


リク、君はひとりじゃない。

どこからか、そう王様の声が聴《き》こえた気がして──やがて再びリクは歩き始める。


そんなの、ウソだ──。

俺の記憶がニセモノだなんて、ウソだ！

レプリカはすでに姿を消したナミネの後を追うように走っていた。

ナミネにあの言葉を取り消させなければならない。

そして、ソラからナミネを守らねばならなかった。

ニセモノなのはソラの記憶の方だ──。

扉を開くと、そこはいつものあの広間だった。その中央で、ナミネとソラが何事《なにごと》かを話している。ソラからナミネを守らなければ――。

レプリカの頭の中はそのことだけでいっぱいだった。

「それは、私がソラの記憶を――」

ナミネがそう言いかけた瞬間、レプリカは叫んだ。

「かわりに俺が教えてやる！」

「リク！」

驚いたようにソラが叫んだ。

「簡単なことさ。おまえの記憶がデタラメなんだ。ナミネを守るのは、おまえじゃなくて、この俺なのに、おまえが勝手に踏《ふ》み込んできたんだ！　ウソの思い出に操られたおまえがな、ソラ！」

レプリカはソラの懐《ふところ》に走りこむと、剣を振り下ろした。

「やめて！」

ナミネが叫ぶが、もはやその声はレプリカには届かない。

「――ッ！」

レプリカの一撃をソラがキーブレードで受け止める。

「ナミネを守るのは俺だ！」

レプリカはそう叫びながら、大きく跳ね、間合いを取ると、ソラに向かって剣を振り下ろす。

「もうやめろ！　リク！」

その叫びを振りきるようにレプリカはソラを弾き飛ばす。

「ソラ！」

ナミネがその名を叫ぶ。

「うっ……リク……」

よろよろと立ち上がろうとしたソラにゆっくりとレプリカは歩み寄る。

「俺の勝ちだな」

レプリカはソラの頭上に剣を振り上げる。

「リク、だめ！」

ナミネが叫ぶ。

しかしレプリカはソラに向かって剣を振り下ろす。

「消えろ、ニセモノ！」

「やめて！」

ナミネの叫びとともに、光が周囲を包み込む。

その瞬間、レプリカの視界がかすむ。

「――あ……」

ぐらり、と視界が揺《ゆ》れた。足に力が入らない。

約束だよ。


ナミネの声が遠くから聞こえる。

ソラが自分を呼んでいる声が聞こえた。

「リク……？」

でも——よくわからない。

俺は——？

「リク！　リク！」

ソラの声が遠い——。

俺はおまえを嫌いなのに、どうしておまえはそんなふうに俺の名前を叫ぶんだ？

まるで沈《しず》み込むように、レプリカはその意識のすべてを手放《てばな》した。

第7章
REJECTION

「ヴィクセンに続いてレクセウスまで滅《ほろ》ぼされるとは……機関《きかん》はどうなってしまうのか……」

そう小さく呟《つぶや》いたゼクシオンの声に応《こた》えるようなタイミングで、部屋《へや》の空気が揺《ゆ》らぐ。

ゼクシオンが気配《けはい》に顔をあげると、視界《しかい》に入ってきたのは、地上《ちじょう》にいるはずのアクセルだった。

「おまけにナミネが裏切《うらぎ》ってラクシーヌまでソラに消された。次はどいつが滅びるんだろうな」

アクセルはにやりと笑いながら、ゼクシオンに歩み寄る。ゼクシオンは不愉快《ふゆかい》そうに眉《まゆ》をひそめると、アクセルを見ずに言った。

「……あなたかもしれませんね」

「俺《おれ》？　そいつはないね」

意外《いがい》そうにアクセルは答えると、腕《うで》を組む。

「ついさっき、ソラにボロ負けしてやられたフリして逃《に》げてきたんだ。しばらくあいつとは戦《たたか》わねえ」

しばらく、と言ったアクセルの言葉が、少しゼクシオンの心にひっかかったが、彼《かれ》はその意味を尋《たず》ねずに口をつぐむ。

「次に滅びるのはマールーシャってわけだ」

アクセルはうっすらとその口元《くちもと》に笑《え》みを浮《う》かべながら言った。

「自分に勝ったソラがマールーシャに負けるはずがない。そういうことですね？」

確かに、マールーシャはこの城《しろ》をまかされているとはいえ、そのナンバーは11にすぎない。ナンバーが若《わか》いほど強いと決まっているわけではないが、ナンバー8であり〝彼〟と親しくしているアクセルから見ればマールーシャは格下《かくした》の相手といえた。

アクセルが結論付《けつろんづ》けるように、

「ソラを利用して機関に反逆《はんぎゃく》しようとしたマールーシャはソラの手で消されるわけだ」

と言ったのに対し、顔をあげたゼクシオンが、うながされるように口を開く。

「では——われらがリクを手に入れる理由もなくなりましたね」

「始末《しまつ》するってわけか。レクセウスを倒《たお》したリクとまともに戦うつもりかよ」

確かに機関のメンバーの中で1、2を争う戦闘能力の高さを誇《ほこ》っていたレクセウスを倒したリクと戦って勝てる可能性《かのうせい》は低い。もっともゼクシオンは、リクと正面から戦うつもりなど、毛頭《もうとう》なかった。

「僕のやり方は違いますよ」

ゼクシオンは答えると、無表情《むひょうじょう》だったその口元にわずかな笑みを浮かべた。

ごめんなさい……リク。


どこまでも深《ふか》く沈《しず》んでいく闇《やみ》の中、確かにレプリカはその声を聞いた。

自分はリクじゃない――でも、ナミネにそう呼《よ》んでもらえるのはうれしい、と暗《くら》い意識の中ぼんやりと思う。

俺たちは確かに約束したよな？　流星雨《りゅうせいう》の夜、俺はナミネを守るって約束した。

あなたは私《わたし》が負《お》った罪《つみ》――そして罰《ばつ》。

そんなことを言うなよ、とレプリカは叫《さけ》びたい。でも叫べなかった。叫べばナミネを苦しめると思ったから。

私の祈《いの》りがどうかあなたに届《とど》きますように――。

届いているよ、ナミネ――だって、俺はもうこんなにも自由だ。

光がレプリカの体を照《て》らす。それはナミネの祈りの光。

「ここ……」

レプリカは自分から発せられた声にその意識を取り戻《もど》す。そこは、レプリカが意識を失った
あの大広間《おおひろま》だった。

「……ナミネ……？」

確かに自分に呼びかけたのはナミネのはずだった。でも、そこにナミネはいない。

「俺……どうなったんだ？」

ただわかっていることは、自分はリクではないということ。
リクを模《も》して作られたニセモノだということ。
でも――それでもよかった。
今レプリカの心の中を占《し》めるのはたったひとつの思い。
ナミネを守りたい――それがレプリカの願いだった。
レプリカは走る――ナミネのいる場所に向かって。

「みんなの記憶《きおく》のかけらを集めて、新しい思い出を作ればいいんだ！」

そうソラがマールーシャとナミネに叫んでいるのが見えた。
そんなことができるなら、どんなに幸せだろう――。

「忘《わす》れているようだな。ナミネの力で記憶を消されればおまえはもう、抜《ぬ》け殻《がら》だ！　感じる心も思う心も失う！　あのあわれなニセモノのリクのようにな！」

ソラの言葉を鼻《はな》で笑うように言ったマールーシャの懐《ふところ》へとレプリカは走っていく。

なにかを感じる心も、そして誰《だれ》かを思う心も俺は失わなかった！

「それはどうかな」

落ち着いた口調《くちょう》でそう告《つ》げると、レプリカは剣《けん》を振《ふ》り上げる。不意《ふい》の一撃《いちげき》に弾《はじ》き飛ばされたマールーシャが膝《ひざ》をついた。

「ぐっ――貴様《きさま》は!?」

「リク！」

ソラが走りよってくるが、背を向けたままレプリカは呟《つぶや》くように言った。

「違《ちが》う。ただのニセモノさ」

そして、レプリカは剣をマールーシャにつきつける。

「抜け殻が！　すべてを失ったはずのおまえが、なぜ!?」

マールーシャが吐《は》き捨《す》てるように、言った。だがレプリカが今度こそはっきりと、応える。

「俺の体も心もニセモノだ。失《な》くすものなんて最初から何もなかった。でもなくしたくない記憶はあった！　ウソだったとしてもだ！　幻《まぼろし》の約束でもかまわない。俺はナミネを守るんだ！」

ナミネがレプリカを静かに見つめる。

すべてがニセモノのレプリカの思いの中で、それだけが真実だった。

「リク――――！」

レプリカの隣《となり》にソラが並び、同じようにマールーシャに向かってキーブレードを構える。

「おのれ……！」

マールーシャがゆっくりと立ち上がる。

「ウソから生まれた記憶の鎖《くさり》で自分の心を縛《しば》り付けるのか。心の自由を捨《す》てるというのか！」

それは違う、とレプリカは思う。

記憶が――なくしたくない思い出があるから、俺は目覚《めざ》めることができた。

心の自由を捨てたわけじゃない。ただ、そこに思い出があることを選んだだけ。選べたのは、心が自由だったからだ。

ソラとレプリカの周囲に薄桃色《うすももいろ》の花びらが舞《ま》う。

「真実に背《せ》を向ける弱い心……ならば私の敵《てき》ではないッ！　思い知れ！」

花びらから現れた大きな鎌《かま》がソラとレプリカに向かって振り下ろされた。

「くっ……！」

ソラより先に一歩前に足を踏《ふ》み出したレプリカが、その攻撃《こうげき》を受け止める。

そして、叫んだ。

「行け、ソラ！」

その言葉にソラは大きく跳《は》ねると、マールーシャの頭上《ずじょう》にキーブレードを振り下ろす。

マールーシャはレプリカをはねのけると、その攻撃を鎌で受け止め、

「――まだまだ！」

そう言い放つ。

ソラが一度着地《ちゃくち》すると、再《ふたた》びジャンプしながら叫んだ。

「ドナルド、グーフィー！」

まるでタイミングを見計《みはか》らったかのように、ドナルドの魔法《まほう》がマールーシャに向かって放《はな》たれる。

「ファイガ！」

呪文《じゅもん》が唱《とな》えられたのとほぼ同時にグーフィーがマールーシャに向かって走りこむ。

その瞬間《しゅんかん》、マールーシャの周《まわ》りを花びらの嵐《あらし》が取り巻《ま》き、やがて広がってゆく。

「危《あぶ》ない！」

レプリカは反射的《はんしゃてき》にナミネを抱《だ》き上げると、その嵐の外へ跳《と》び退《しさ》る。

「……リク……」

腕の中でナミネが今にも泣き出しそうにレプリカを見上げる。

「俺はリクじゃない――」

レプリカは低い声で告げると、ナミネを柱の陰《かげ》へとおろした。広間《ひろま》の中央ではソラたちが

マールーシャの攻撃に弾き飛ばされていた。

「……ありがとう、レプリカ」

ナミネのその言葉を背に受けながら、レプリカは再びマールーシャに向かって走りこみ、剣を打ち下ろす。しかし、その攻撃も大きな鎌に弾き飛ばされてしまう。

「所詮《しょせん》、模造品《レプリカ》……おまえの攻撃などきかん！」

マールーシャが手を振り上げると、再びホールの中が薄桃色《うすももいろ》の花びらに包まれる。体勢を立て直し、柱の陰《かげ》へと逃げ込《こ》んだレプリカは、肩《かた》で息をしながら、嵐が過ぎ去るのを待つ。

「攻撃を当てることもできないよ——！」

ドナルドが叫ぶ。

「落ち着け——なにか方法があるはずだ」

レプリカはドナルドに向かってそう言うと、嵐の隙間《すきま》を縫《ぬ》ってマールーシャへと走りこみながら、叫んだ。

「ソラ、行くぞ」

「えっ——」

ソラが迷《まよ》うような声をあげたのに対し、レプリカは振り返るともう一度叫んだ。

「いいから来い！」

「わかった！」

レプリカを追うようにソラもマールーシャに向かって駆《か》け出す。まるでそれを待っていたかのようにマールーシャが鎌を振り下ろすが――――それをレプリカは受け止める。

「なに!?」

動きを止められて驚《おどろ》くマールーシャ。

間髪《かんぱつ》を入れず、レプリカが叫ぶ。

「跳《と》べ、ソラ――――!」

レプリカの言葉にソラが跳び、マールーシャの頭上《ずじょう》にキーブレードを振り下ろす。

ひとりじゃ無理でも――――ふたりなら――――いや、4人ならきっと倒せるはずだ。

少なくとも今この瞬間――――俺たちは仲間なんだから。

ソラの攻撃がマールーシャに届こうとしている時、今度はソラが叫ぶ。

「ドナルド――――魔法だ!」

「うん――――ファイガ!」

ドナルドが魔法を放つ。レプリカがさらに、

「グーフィー、こっちだ!」

その声でグーフィーがマールーシャの元に走りこむ。ソラの攻撃をはねのけたマールーシャが火の玉《ファイガ》を避《さ》けようと鎌を振ったその隙《すき》に、グーフィーが体当たりをしかける。

「ぐぁ――――ッ!」

マールーシャの体が大きく揺《ゆ》らいだ。

「ソラ、行くぞ！」

レプリカはソラとともに跳《と》んだ。

ふたつの剣が同時にマールーシャに向かって振り下ろされる。レプリカが確かに手ごたえを感じたその瞬間、マールーシャの体は花びらの塊《かたまり》となり——周囲《しゅうい》に飛び散った。

「やっつけ……たの？」

グーフィーが心配そうにソラの顔を覗《のぞ》き込む。

「——多分《たぶん》」

そう答えたソラがレプリカの方へ向き直り、右手を差し出す。

なんだか恥《は》ずかしくて、差し出されたその手のひらを、レプリカは弾くように叩《たた》いた。

「やった！」

ドナルドが大きく跳ね上がる。

「これで記憶が戻るね」

グーフィーが笑いながら柱の陰に隠《かく》れていたナミネを振り返る。

「ううん——まだ、ダメ」

4人の前に姿《すがた》を現したナミネは首を振る。

「そのとおりだ——滅ぼされたのは私のダミーにすぎない」

部屋の奥《おく》の大きな扉《とびら》の前に花びらが集まっていき——人の形となり、そしてマールーシャへと姿を変える。

「だったらどうした！」

レプリカがマールーシャの元に走り、剣を振り下ろすが、その体は再び花びらとなって飛び散った。

「！　こいつもニセモノか」

無念《むねん》そうに言ったレプリカの前、1枚のカードが床《ゆか》に舞《ま》い落《お》ちる。

「……本物はこの奥にいるんだろ？」

ソラがカードを拾い上げ、ナミネを振り返って尋《たず》ねる。

「……はい」

ナミネは小さく頷《うなず》いた。

「やっぱりな。すごい力を感じるよ。今にも爆発《ばくはつ》しそうだ」

ソラの言葉に、

「じゃあ爆発する前になんとかしなくちゃね」

グーフィーがいつもどおりのんびりと言った。

ドナルドが、

「ソラ、行こう！」

待ちきれないように杖《つえ》を振り回す。

「うん——」

ソラがレプリカとナミネを振り返る。

「リク、ナミネを頼《たの》む」

そう言ったソラは笑顔だった。レプリカに対し、すべての信頼《しんらい》を寄せているような。

「……俺でいいのか」

いたたまれなくなって、レプリカはソラから視線《しせん》をそらすと、小さな声で言った。

何者《なにもの》でもない自分——いや、記憶も存在《そんざい》もニセモノな自分は、何者であるか以前の存在だった。そんな自分にソラは、まるでずっと昔から仲間であったかのように声をかけてくれる。

それがレプリカには苦しかった。

「悪いか？」

ソラはまるでイタズラをしたあとのように笑う。

「……わかった」

ソラから視線をはずしていたレプリカが振り返ると、ナミネが小さく頷《うなず》き、笑顔を見せる。

それに答えるように、レプリカも小さく頷く。

「——約束、忘れないで」

ナミネがソラにかけた言葉がレプリカの胸《むね》に痛《いた》い。

「わかってるよ――約束は、必ず守る」

ソラがはっきりと頷いた。

「ソラ、行こう！」

そしてソラたち3人が扉にカードをかざす。


扉の向こうでなにが起きているのかはわからない。ただ強大《きょうだい》な力がぶつかりあっていることだけがわかる。

レプリカもナミネも黙《だま》ったまま、静かに扉を見つめていた。

「ソラ、大丈夫《だいじょうぶ》だよね」

小さくナミネが呟《つぶや》く。レプリカはナミネを振り返ると言った。

「ソラは、ナミネの勇者《ゆうしゃ》なんだろう？　約束したら、ソラはきっと負けないさ」

「――リクは、やさしいね」

そう言ってナミネは、はにかむように笑った。

その笑顔は記憶の中――あのお守りをくれたときのナミネと同じ笑顔で、レプリカはそれを悲しい、と思う。

あの記憶も、そしてこの思いも全部ニセモノ――。

レプリカはナミネのその笑顔を見つめていたくなくて、ナミネに背を向ける。

「ありがとう、リク……ううんリク＝レプリカ」

その背にかけられた言葉に答えず、レプリカはじっと虚空《こくう》を見つめる。


次のフロアに進もうとしたリクを強い衝撃《しょうげき》が襲《おそ》う。その瞬間《しゅんかん》、まるで城が雄《お》たけびをあげているかのように揺《ゆ》らいだ。

「なんだ？」

思わず声をあげたリクだったが、しばらくするとその揺れはおさまり、また元の静けさを取り戻す。周囲を確認《かくにん》したリクはある事実に気がついた。

「匂《にお》いがひとつ——強い力が、消えた……？」

そう呟《つぶや》いたリクに声をかける者がいた。

「この城の主、マールーシャがキーブレードの勇者に倒されたのですよ」

突然《とつぜん》現れた男がそう語《かた》りながら、リクに歩み寄る。

「キーブレード……ソラか！　ソラがここにいるのか!?」

詰《つ》め寄《よ》るように言ったリクに男はあきれたように目をしばたたかせる。

「ええ。会いたいですか？　いや……会えるのですか？」

「どういう意味だ」

リクは険《けわ》しい口調《くちょう》で聞き返した。

「あなたの心にはいまだに闇《やみ》が――そう、アンセムの影《かげ》が宿《やど》っています。そんな状態《じょうたい》でソラに会うのが恥《は》ずかしくないのですか?」

男の言葉にリクはうつむく。

あのとき――リクはアンセムにうち勝ったはずだった。しかし、リクの周囲《しゅうい》にはまだ闇の匂いが立ち込めている。

「ソラは闇と戦う勇者。心に闇を宿しているあなたとは敵対《てきたい》する運命にある。僕《ぼく》の言葉を信じたくなければ――自分の目で、真実を確かめることですね」

男から投げ渡《わた》されたカードをリクは受け取る。そのカードには青い海と小さな島、そしてコヤシの木が描《えが》かれていた。

「このカードは、俺たちの……」

「そう、故郷《こきょう》です。さあ、お行きなさい。真実を確かめるために」

そう告げると男――ゼクシオンはリクの前から姿を消す。

「――デスティニーアイランド……」

リクはカードを見つめながら、懐《なつ》かしい島の名前を呟《つぶや》いた。

マールーシャを倒したソラがナミネと笑いあっている。ぼんやりとレプリカはその様子を見つめていた。

「大丈夫か、リク」

突然《とつぜん》ソラに声をかけられ、レプリカは驚《おどろ》いたように顔をあげる。

「リクじゃない。ニセモノだよ。いつどこで、なんのために生まれたかも思い出せない。消えずに残っているものはおまえとナミネのことだけさ――そいつもウソの記憶だけどな」

レプリカは首を振ると、うつむく。

「ねえ、ナミネ。リクの記憶を元《もと》に戻《もど》す方法はないのかい？」

グーフィーがナミネに尋《たず》ねた。

「それは――」

しかし、ナミネもうつむくと、表情《ひょうじょう》を曇《くも》らせる。

もともとないものから作り出したレプリカ。記憶を戻すということは、すべてを消去《しょうきょ》するということに他《ほか》ならなかった。

「俺にかまうな。もう、いいんだ」

レプリカはソラたちに背を向けると歩き始めた。

どうしたらいいのかわからなかった。

どうしたいのかも。

「待てよ！」

ソラの声にレプリカは足を止めた。

「ニセモノだとか、そんなのもう関係ないって！　ここにいるおまえは、他の誰でもなくて、おまえだけの心を持ってるんだろ。おまえの思い出はおまえだけのものなんだから、大切にしろよ！」

ソラの言葉はやさしかった。

レプリカはあふれそうな涙《なみだ》をこらえ、ソラに背中を向けたまま言った。

「ソラ、おまえはやさしいな。おまえの気持ちは本物だってニセモノの俺にもわかるよ――それだけでいい」

今は、そのソラの気持ちだけでいいと、レプリカは思う。

ソラと出会ったことが事実《じじつ》ならば――それだけでいい。

「リク！」

ソラの呼びかけに答えず、まるで逃げるようにレプリカは走り始めた。


やがてレプリカはその足を止め、自分自身をじっと見つめる。

この体も――この思いもニセモノ。

そして――ホンモノであるリクを心からうらやましいと思った。

ソラと友だちのリク。そして本当の闇《やみ》の力を持っているリクが。

自分の周囲《しゅうい》を取り巻《ま》く闇さえもニセモノ。

「なあ、リク」

呼《よ》びかけられレプリカは顔をあげる。

「……アクセル」

「なあ、ホンモノになりたくないか？」

にやにや笑いながらアクセルはレプリカに聞いて来る。

ホンモノ――なれるものなら、なりたかった。

レプリカは、アクセルの問いかけに静かに頷《うなず》く。


砂浜《すなはま》に立ち、リクは海からの風を感じていた。ここで何度も走り、そしてソラと転《ころ》げ回った。

この風がこんなに懐かしく感じられるとは思わなかった。

あのころは、あんなにこの島を出たくてたまらなかったのに。

あんなに単調《たんちょう》に聞こえた波の音が、今はひどくやさしく感じる。

リクは、人影《ひとかげ》に気づいて、その方向へ走り出す。

「おーい！」

そこに立っていたのは、ワッカとセルフィ、そしてティーダだった。

リクの呼びかけにも3人ともまったく動かない。

「どうしたんだよ。おまえらが3人、そろって黙ってるなんて初《はじ》めてだぞ」

ただじっとリクを見つめているままだ。

「俺の顔に、何かついてるのか？」

リクが肩をすくめながら尋《たず》ねた瞬間《しゅんかん》——3人の姿はまるで幻《まぼろし》のようにかき消《き》えた。リクは思わず伸《の》ばそうとした手を握《にぎ》り締《し》め、うつむく。


おまえの心は闇に染《そ》まっている。

だから私のような闇の存在にしか会えない。


マレフィセントに告げられた言葉が心の中に響《ひび》くようだった。

そんなの——ウソだ。

リクは砂浜を走ると、いつもの桟橋《さんばし》へと向かう。

あそこなら、きっとソラかカイリが待ってくれているような気がした。

あそこなら、きっと闇に染まったりなんかしない——。

リクは砂浜を越《こ》え、小屋の屋根へと飛び乗ると、いつもの桟橋を駆《か》け抜《ぬ》ける。

その視線の先、カイリが笑顔《えがお》で立っていた——はずだった。

「カイリ……」

カイリもワッカたちと同じようにただ無言《むごん》でリクを見つめている。

「なあ、カイリ。おまえは——」

そうリクが声をかけた瞬間、カイリの姿がかき消《き》える。かわりに現れたのは、さっきリクにカードを渡した男——ゼクシオンだった。

「本当は、こうなることがわかっていたはずですよ」

ゼクシオンはまるでリクを諭《さと》すかのように話し始める。

「ここにたどりつくまで、あなたは記憶の世界をいくつも通ってきた。けれど、そこで出会ったのは闇の存在だけだったはず。あなたの心には、闇の記憶しか残っていないのですよ。故郷の思い出は——消えたのです」

「ウソだ！　俺は島のみんなをちゃんと覚えてる！　ティーダもセルフィもワッカも！　カイリだって！　ソラだって！　みんな——俺の……俺の……大切な友だちなんだ……」

リクは拳《こぶし》を握り締めると、うつむく。

「その友だちを捨《す》てたのは誰《だれ》です？　自分の行動を忘れたのですか？　あなたは故郷をこわし

たのだ！」

ゼクシオンがそう叫んだ瞬間、周囲が闇に包《つつ》まれ――叩きつけるような雨がリクを濡《ぬ》らす。

空には雷鳴《らいめい》――そして崩《くず》れ落ちる世界。

「あなたが生まれ育った島はひきさかれ、崩れ落ち、多くの心が闇に消えたのです。あなたのせいで！」

そう――俺があの誘《さそ》いに乗らなければ――あんな言葉を信じなければ――。

「せまい島での生活がいやになって軽《かる》はずみに闇の扉を開き島を滅ぼしたのは、あなただ！この時あなたは闇にひきこまれた。そして今では完全なる闇の住人《じゅうにん》だ」

違う、と叫ぶことさえできずにリクはその場に座《すわ》り込《こ》む。

その視線の端《はし》にはあのときの自分が映《うつ》っている。

黒く染《そ》まった海の向こうを見つめる、あのときの自分はなにを考えていたのか――なにを思っていたのか、思い出せない。そんな自分をあざ笑うように、自分がくるりと振り返り、にやりと笑った。

「見なさい、あなたの本当の姿を！」

ゼクシオンが叫んだ瞬間《しゅんかん》、いつのまにか目の前に立っている自分がすさまじい闇に包まれ――大きく真っ黒い人間の形をした影――ダークサイドへと姿を変える。

「これが……これが――俺の本当の姿だと……？」

影がリクにその拳《こぶし》を叩きつける。しかしリクはよけることもせず、弾《はじ》き飛ばされる。

「これが──俺の本当の姿……」

本当の自分がわからない。

リクが拳を握り締めながら、顔をあげたそのとき、目の前に光り輝《かがや》くなにかが見えた。

「え──……」

それはキーブレードから放たれる光だった。そしてその向こうにはキーブレードの勇者《ゆうしゃ》、ソラが立っている。

「ソラ!?」

立ち上がったリクにソラが切りかかる。

「やめろ、ソラ！　俺がわからないのか!?」

リクはソラのキーブレードを受け止めると、必死に叫ぶ。

「わかってるから戦うんだ！　俺には、おまえの本当の姿が見えてる！」

「ぐあっ!?」

ソラの一撃《いちげき》にリクは弾き飛ばされる。もう周囲にあの大きな影は見つからない──やっぱりあれは俺自身だったのか？

「光の力で、苦しむなんて──おまえ、本当に闇の存在になっちゃったのか。おまえはもうリクじゃなくて闇の手先《てさき》なんだな……」

ソラがキーブレードを構《かま》えながら、残念そうに言った。

「わかったよ――光の力で飲み込んでやる！」

ソラから光が放たれた。それは闇の衝撃《しょうげき》同様、すさまじい力でリクをなぎ倒すと、その身体《からだ》を包み込む。

「俺……消えるのか……光の力で、消されるのか……」

自分が闇ならば――そして自らの力で闇と戦うことができないのなら、ソラに消されても仕方がないと、リクは薄《うす》れゆく意識の中で思う。

むしろほかの誰かに倒されるくらいならば、ソラに倒される方が幸せだった。


消えないよ。

どこからか女の子の声が響き渡る。


君は消えない。

どんな力にも、君は負けない。


「――え？」

リクの手を握り締めた誰かがそこにいた。あまりに光が強くて、その姿はよく見えない。

「光にも……闇にも君は負けない。だから光を恐《おそ》れないで──そして闇におびえないで。ともに君の力になるから」

光の中にいる女の子はリクの体を引き起こすと、そう告《つ》げた。

「俺の力って……闇も？」

「うん、君だけの力。君の心に育《そだ》った闇はとても大きくて深いけれど──そんな闇を、恐れずにまっすぐ見つめられるようになれたら、怖《こわ》いものなんて、なくなるよ」

光が薄《うす》らぎ、浮かび上がったその姿は、カイリのようにも、ほかの誰かのようにも見えた。

「心に闇を宿したままでも闇に負けない勇気を持って。それは君だけが手に入れられる、かけがえのない力になる。たとえ光のない闇の底《そこ》でも、まぶしすぎてなにも見えない強すぎる光の中でも、闇が君を導《みちび》いてくれるよ。大切な友だちのいる場所へ」

リクはその声にはっきりと頷くと、尋ねた。

「……会えるかな」

大切な友だちに──ソラに、カイリに、ほかのみんなに。

「会いたくないの？」

女の子の声はそう尋ね返すと、少し笑ったようだった。

「そんなわけないだろ。だから行くんだ！　俺の力……闇の力で！」

リクは天に向けてソウルイーターをかざし叫んだ。

「闇よ！」

その瞬間《しゅんかん》、闇がソウルイーターから放《はな》たれる。

周囲の光をかき消し——そこにゼクシオンの姿を浮かび上がらせた。

その影に向かってリクはソウルイーターを振り下ろす。

「な、なにぃっ!?　あの光の中で、なぜ俺の位置《いち》がっ……？」

ゼクシオンが膝《ひざ》をつく。

「おまえの闇の匂《にお》い……。光の中で、はっきり感じた。闇が導《みちび》いてくれたってことかな」

リクの言葉にゼクシオンはよろよろと立ち上がる。

「くっ……やはりあなたはどうあがいても闇の存在ですね」

「だったらどうした。俺は俺だ」

リクはゼクシオンの喉元《のどもと》にソウルイーターをつきつけ、告げる。

たとえ闇の力がこの心の中に巣食《すく》っていたとしても、自分が自分であることにかわりはない。

どうやっても闇の匂いが消えないというのならば、その力を逆に利用してやればいいだけのこと。

「開き直りですか。さっきまで闇におびえていたくせに——」

「今は違うっ！」

リクは再びゼクシオンの上にソウルイーターを振り下ろす。

「ぐうっ……おのれ！」

ゼクシオンはローブのフードをかぶると、その姿を消した。

「逃げたか……」

呟《つぶや》いたリクの上空、立ち込めた暗雲《あんうん》の中から光が舞《ま》い落ちる。

そして降《ふ》り注《そそ》ぐのは、あのデスティニーアイランドの柔《やわ》らかな日差《ひざ》し——。

リクは自分自身の闇と向き合うため、歩き始める。


かつて仲間が集《つど》ったその部屋にかろうじてたどりついたゼクシオンは、肩で息をしながら膝をつく。

「なんなんだ……。なんなんだ、あいつは！　あんな形で闇を受け入れた者は今まで誰もいなかった！　こんなはずでは……っ……！」

ゼクシオンは拳を床《ゆか》に叩《たた》きつける。それはめずらしくゼクシオンが見せた動揺《どうよう》でもあった。

そのゼクシオンを見守るように人影がひとつ。

「なっ……リクっ!?」

思わず後ずさったゼクシオンを無表情《むひょうじょう》で〝リク〟は見下ろす。そして、その背後《はいご》にアクセルが立っていた。

「そ、そうか。ヴィクセンがつくったレプリカですね。なるほど、こいつをぶつければリクを倒せるかもしれませんね……アクセル？」

すがるように言ったゼクシオンを、レプリカは無表情に見下ろしている。

「なあ、リク――おまえ、自分がニセモノだってこと、よーくわかってるよな。本物になりたいか？」

アクセルの問いかけにレプリカはゆっくりとアクセルを振り返る。

「ああ」

レプリカは静かに頷く。

そう――彼はホンモノに――リクになりたかった。

「だったら簡単《かんたん》だ。おまえは本物のリクにない力を手に入れればいいんだ。そうすれば、おまえはリクでも誰でもない、新しい存在――誰かのニセモノじゃない、ホンモノの存在になれるってわけさ」

アクセルがにやにやと笑いながら告げる。

「アクセル！　何の話をしているのです！」

ゼクシオンが床に座り込んだまま後《あと》ずさりする。

「見ろよ、あそこにちょうどいい『エサ』がいるぜ」

アクセルが顎《あご》でゼクシオンを指し示す。

「何をバカなことを——！」

ゼクシオンが焦《あせ》りを隠《かく》そうともせず、叫ぶ。しかしアクセルはその叫びを無視《むし》するように、レプリカの肩を抱くと、にっこりと笑った。

「悪いな、ゼクシオン。あんたを助けるよりソラとリクを見守る方が、よっぽど楽しそうなんでな」

「よせ……よせ！」

なおも後《あと》ずさりしながら叫ぶゼクシオンに向かって、レプリカはその剣を振り下ろす。

「やめろ———！」

ゼクシオンの叫びは闇に飲み込まれるように、消えた。

第8章
REVIVE

次の世界に行くため、大広間《おおひろま》をリクは歩いていた。

もう闇《やみ》なんか怖《こわ》くはない――闇があり、光があって、今の自分がいるということ。

リクはそれを理解《りかい》していた。

「リク――リク……」

「誰《だれ》だ!?」

どこからか聞こえた声にリクは足を止め、周囲《しゅうい》を見回す。

その声には聞《き》き覚《おぼ》えがあった。そしてこの匂《にお》いにも、覚えがある。

「感じているはずだ。おまえの心に宿《やど》る私《わたし》を。闇《やみ》に心を開いたな、リク」

それは内なる声――アンセムの囁《ささや》きだった。

「そうだ……おまえの心そのものがすべてを飲み込《こ》む闇になるのだ」

「あの時とは違《ちが》う!」

リクは叫《さけ》ぶ。

あの時――ソラとの戦いに負け、その事実を受け入れることができなかった時の自分とはなにもかもが違う。アンセムの誘《さそ》いになど心は揺《ゆ》れはしない。

「そうかな？」

挑戦的《ちょうせんてき》にアンセムが言い放《はな》ったその瞬間《しゅんかん》——リクの体が宙《ちゅう》に浮《う》かび上がる。

「体が——!?」

「おまえの闇が深まるにつれてわが力も、よみがえりつつある。体を操《あやつ》るのも、たやすい」

アンセムのその言葉と同時にリクの体はまったく身動きがとれなくなった。

「くそっ——」

リクがやっと声をしぼりだした瞬間、白い光の球がリクの元《もと》に舞《ま》い降《お》りる。

「ぬうっ!?」

アンセムが動揺《どうよう》の声をあげた。白い光はリクの周囲をくるくると回ると、強い光を放つ。その瞬間、リクはすとん、と地上に落ち、尻《しり》もちをついた。

「おのれ、またしても——！」

周囲からアンセムの匂《にお》いが薄《うす》らぐのをリクは感じる。体ももう自由に動く。

「ふう……間に合ってよかった。これで、しばらくアンセムは動けないと思うよ」

そんな言葉とともに、白い光の球はリクの目の前で、人の形となり——王様《おうさま》へと姿を変えた。

「おそくなってごめんね、リク」

笑顔《えがお》でリクを見つめる王様に、リクは座《すわ》り込んだまま、まだ信じられないらしく、

「……王様……だよな」

そう言葉を発《はっ》した。

「そうだよ」

王様の返事《へんじ》にリクはゆっくりと立ち上がると、不安《ふあん》そうな表情《ひょうじょう》をしたままその体に触《ふ》れた。

「うわっ!?」

王様が声をあげた。それでもリクは王様の体を触《さわ》り続ける。

ちゃんと触れられることがなによりもうれしかった。リクはそのまま王様を抱《だ》きしめた。

「何するんだい？　くすぐったいじゃないか」

王様が笑いながらその体をよじる。

「はは……今度はちゃんと触れるんだな。本当に助けに来てくれたんだな」

リクは王様を解放《かいほう》すると、そのままへなへなと座《すわ》り込んだ。

「必ず君のところへ行くって約束《やくそく》したじゃないか」

王様はリクを見つめながらはっきりと告げる。

「ああ……ごめん、大丈夫《だいじょうぶ》。安心しただけなんだ。俺《おれ》、ずっとひとりだったからひとりじゃないっていうのがなんていうか……あったかくてさ」

王様の体は温《あたた》かかった。誰かと一緒《いっしょ》にいることなんてひどく久《ひさ》しぶりで――ドキドキする。

リクはゆっくりと立ち上がり、はにかむように笑うと、王様に尋《たず》ねる。

「でもどうやってここへ？　ずっと遠くにいたんだろ」

「カードが導《みちび》いてくれたんだ」

王様は１枚のカードを取り出した。

「闇《やみ》の世界で、道を探《さが》していたらいつのまにか、このカードが僕《ぼく》の元《もと》にやってきて――手にとってみたら、闇の果てに君の心が見えた。それでたどりつけたんだよ」

「このカードが……？」

リクは王様からカードを受け取ると、じっと見つめる。

カードには大きな時計台《とけいだい》と電車《でんしゃ》が描《えが》かれている。それは見たことのない景色《けしき》だった。

「たぶん、このカードが君のところに行きたがっていたんだ」

「……かもしれないな」

リクは静かに言うと、王様と視線《しせん》をかわす。

「さあ、行こう。リク」

王様が少しだけ険《けわ》しい顔になる。

「うん。わかった」

リクは階段《かいだん》を昇《のぼ》り、扉《とびら》の前にカードを掲《かか》げた。

レンガの街並《まちな》みを美しい夕焼《ゆうや》けが照《て》らしている。今までの街とは異《こと》なり、なんだかひどくやさしい雰囲気《ふんいき》でここは満たされていた。

「なんだ、ここは？　こんな街に来た覚えはないんだけどな」

見知らぬ光景にリクは声をあげ、ついてきてくれているはずの王様を振《ふ》り返る。

「王様、何か知ってるか？」

しかし、そこに王様はいなかった。

「王様？」

リクは周囲を見回すが、その姿《すがた》はなかった。

「王はいない」

あたりに響《ひび》き渡《わた》るその声にリクは振り返る。

そこに立っていたのはアンセム。

反射的《はんしゃてき》にリクはソウルイーターを構える。

「君はひとりで戦うのだ。わが闇の力と！」

アンセムが叫ぶ。しかし、リクは一度はあげたその腕《うで》を静かに下ろした。

「どうした、あきらめるのか。このアンセムの支配《しはい》を受け入れるというのか！」

リクを挑発《ちょうはつ》するアンセムにリクは首を振る。

「……あんたはアンセムじゃない。匂《にお》いが違うんだ」

リクの言葉にアンセムはわずかに目を細める。

「俺の心の中にいるアンセムは強い闇の匂いを放ってる。でも、あんたの匂いは違う。闇じゃなくて……別の何かだ」

リクは大きく呼吸《こきゅう》をすると、アンセムの姿をした何者かをじっと見つめる。

この匂いは——闇の匂いじゃない。もっと他《ほか》のなにか——もっとやさしく正しい匂い。

そしてそれには覚《おぼ》えがあった。

「やっとわかったよ。最初に俺を導《みちび》いたのはあんただったんだな。あんたはアンセムのフリをして現れ、俺にカードを手渡した。俺を闇と戦わせるために」

「そのとおりだ」

そう告げたアンセムの周囲を霧《きり》のようなものが包む。

ゆっくりと霧が晴れ——そこにいたのはひとりの男。

顔全体を赤い包帯《ほうたい》のようなもので覆《おお》っており、その表情はよくわからない。

包帯の隙間《すきま》から片目《かため》だけがリクをじっと見つめていた。

「ディズとでも呼んでもらおう。ずっと君を見ていた」

彼《かれ》の声は低く落ち着いていた。

「あんた……何者だ。俺に何をさせたいんだ」

リクの問いかけにディズは腕を組むと、言った。

「選ばせたいのだ」

「選ぶ？」

リクが聞き返す。

「君は特別な存在《そんざい》だ。光と闇の、ちょうど中間……たそがれに立っている。だから君はナミネに会って選ばなければならない」

「ナミネ？　誰だ？」

ナミネという名前に聞き覚えはなかった。

「会えばわかる」

ディズはそう告げると、再びいなくなってしまった。

「おい、待て！」

リクは駆《か》け寄《よ》るが――そこにはその姿もなく、そして匂いさえも感じることはできなかった。

「ナミネって――？」

リクは一瞬《いっしゅん》だけうつむき――ゆっくりと顔をあげ、歩き始める。

街の中に人の姿はなかった。そして、ハートレスの姿もない。

しかし無人の街にはさびれた雰囲気はなく、どこか暖《あたた》かい。

不思議な所だとリクは思う。

街の外れの壁《かべ》に大きな穴《あな》があった。その向こうからなにかの匂いがする。

わずかな闇の匂いと——なにか別のもの。

ナミネの匂いだろうか……？

穴をくぐった先には薄暗《うすぐら》い森があった。遠くに光が見える。

リクは走り始めた。


レプリカは走っていた。

アクセルに導《みちび》かれた夕暮《ゆうぐ》れの街にはわずかに見覚えがある。

この街でソラとヴィクセンが戦おうとしていた。

そして——おそらく、この街でヴィクセンは倒《たお》された。

アクセルはゼクシオンを倒すことにより、新たな力を得ることができると言った。

ホンモノになれなくても、新しい力を得られれば、誰かのニセモノではない何かになれると。

本当に？

本当だろうか？

わからない。

新たな力を得ても、心の中がからっぽなのは同じだった。

なにも変わらない――もし変わることがあるのなら、やっぱりホンモノを倒したときなのかもしれないとレプリカは思う。
ホンモノを倒せば――なにか変わるんだろうか?
レプリカは街の外れにあった穴をくぐり抜《ぬ》け――薄暗い森の中を走る。
ヴィクセンが死んだあの場所に行けば、リクに会えるとアクセルは言っていた。
リクに会えば――リクと戦えば、なにか変わるのかもしれない。

大きな門が夕焼《ゆうや》けに照《て》らされていた。その向こうには白い屋敷《やしき》が見える。

「……ここにナミネがいるのか?」

小さく呟《つぶや》いたリクの背後《はいご》に声をかける者がいた。

「待ちな」

振り返ったリクをじっと見つめていたのは、自分のニセモノ――リク=レプリカだった。

走ってきたのか、レプリカは肩《かた》で呼吸《こきゅう》をしている。

「……おまえ、変わったな。前に会った時は、自分の闇を怖がってたのに」

レプリカは言いながら、ゆっくりと剣《けん》を構える。

「なぜわかる」

リクはソウルイーターを構えもせず、聞き返した。

「俺はおまえだからさ」

レプリカはそう言って、ほんの少しだけリクとの間合《まあ》いを詰《つ》める。

「俺は俺だ」

言い返したリクにレプリカはその動きを止め──少しだけ笑った。

「俺は俺……か。うらやましいな、ホンモノは。ニセモノの俺には絶対に言えないセリフだ」

レプリカは大きく跳躍《ちょうやく》し、リクに切りかかる。

「──ッ！」

リクはレプリカの攻撃《こうげき》をかろうじて受け止めた。

強い──レプリカは初めて戦ったときよりもはるかに強くなっていた。

「ニセモノのくせになかなかやるじゃないか！」

リクの押《お》し返す力によって後ろへ飛ばされたが、レプリカは空中でバランスをとるように一回転して、着地《ちゃくち》した。

「そうだ、ニセモノなんだよ──俺は！」

レプリカは立ち上がりながら叫ぶ。

「俺の姿も記憶《きおく》も気持ちも全部！　それに、この新しい力も！」

そう叫んだレプリカから、闇のオーラが立ち昇る。

それは邪悪《じゃあく》で——そしてリクには覚えのある匂い、デスティニーアイランドでさっきまで戦っていた男の匂いだった。

「俺はあいつ——ゼクシオンの力を手に入れた。だが——！」

レプリカは再び跳躍《ちょうやく》し、剣を振り下ろす。がつん、と衝撃《しょうげき》がソウルイーターを通じてリクの体に伝わる。目の前に自分とまったく同じ顔があった。だが——どこか違う、とリクは思う。

「新しい力を手に入れたら、おまえのニセモノじゃなくて別の誰かになれると思った！　だけど何も変わらない……むなしいままだ！」

レプリカは叫ぶと、攻撃を受け止めていたリクを弾《はじ》き飛ばす。

門に体を叩《たた》きつけられたリクはやがて、地上へと落下した。

「みんな借《か》り物《もの》なんだ。おまえが存在《そんざい》するかぎり俺は永久《えいきゅう》に影《かげ》なんだッ！」

肩で息をしながら、レプリカはリクに剣をつきつけ叫ぶ。

「——それがどうした。俺は俺だ。おまえなんかにやられるわけにはいかないッ！」

リクはレプリカの剣をソウルイーターで弾くと、そのままレプリカの腰《こし》につかみかかり、押し倒す。そして、ソウルイーターでレプリカの首を押さえつけた。

「俺……滅《ほろ》ぶのか」

「今のままなら——そうなる」

「ふん——滅ぶのは、怖くない。どうせニセモノなんだからな」

レプリカは無表情《むひょうじょう》に言った。

滅びるのなんか、怖くなかった。

怖いのは、忘《わす》れてしまうこと。

そして――忘れられてしまうこと。

ソラは俺のことを覚えていてくれるだろうか？

それとも、ホンモノの記憶と混《ま》ざって、俺自身のことは忘れてしまうのだろうか。

「本物の心なんて持ってないんだ。いま感じてる気持ちだってたぶんウソの気持ちさ」

レプリカがわずかに笑うと、その体はゆっくりと光に包まれ始める。

「何を感じてる？」

リクはレプリカを見下ろしながら、問いかける。

「ニセモノの俺が滅んだら俺の心、どこへ行くんだろうな。消えちまうのかな」

レプリカは答えながら、空を見つめる。

この街の空は赤く美しい。

最期《さいご》に見るものがこの光景でよかったとレプリカは思う。

「……どこかへ行くさ。たぶん、俺と同じ場所だ」

リクの言葉にレプリカは口元《くちもと》をゆがめて笑う。

「ちっ……そんなところまで本物のマネかよ。……まあ、いいか」

そう言ったレプリカの声はやさしく、穏《おだ》やかだった。

そしてその体は光に包《つつ》まれ、消える。

リクは地面に落ちたソウルイーターを拾《ひろ》い上げると、後ろを振り返った。

まるでリクを迎《むか》えるかのように門が開く。ゆっくりと踏《ふ》みしめるようにリクは歩き始める。


屋敷《やしき》の中は薄暗《うすぐら》かった。そして人の気配も匂いも感じられなかった。

「本当にここなのか……？」

リクは広間《ひろま》から2階につながる階段を昇ると、廊下《ろうか》の奥《おく》にある部屋《へや》へと入る。そこはあの大理石《だいりせき》の広間にも似た白い部屋だった。ここにも誰《だれ》もいない。壁に1枚の絵が貼《は》ってあるのをリクは見つける。スケッチブックを破《やぶ》ったような白い紙に笑いあうソラとリクが描《えが》かれていた。

「誰が描いたんだ……？」

リクがその絵に触《ふ》れた瞬間《しゅんかん》、絵から光が放《はな》たれる。

「——なに!?」

リクは光に包まれ——気がつくと、同じ光に満ちあふれる白い部屋に立っていた。目の前には金色の髪《かみ》をした女の子が静かにリクを見つめている。

「あんたがナミネか」

「はい」

答えると、ナミネは少し微笑《ほほえ》む。

その声と匂いに覚《おぼ》えがあった。

デスティニーアイランドで、闇に取り込まれそうになったとき、かけられた女の子の声、そして匂い――それはまさしく彼女《かのじょ》、ナミネのものだった。

「……そうか。あんただったのか」

「え？」

呟《つぶや》いたリクにナミネが一瞬《いっしゅん》不思議《ふしぎ》そうな顔をする。

「いや、いい」

リクの答えにナミネはほんのちょっと首を傾《かし》げると、言った。

「あの……こちらへ来てください」

ナミネの先には花のつぼみのような形をした大きな機械《きかい》があった。その中に、ソラがいた。

「ソラじゃないか！　ソラに何をした！」

大きな機械に思わず駆《か》け寄《よ》ったリクにナミネはやさしく声をかける。

「大丈夫、眠《ねむ》っているだけです。記憶を取り戻《もど》すために」

「説明してくれ」

リクの言葉にナミネは頷《うなず》くと、この城《しろ》でソラに起こった出来事をゆっくりと話し始めた。

ソラのことを話し終わったナミネをリクはじっと見つめる。

この城でソラは記憶を失い――新たな記憶を得たのだという。

そして再びその記憶を捨《す》て、この城に入る前の状態《じょうたい》に戻ることを選択《せんたく》した。

それがナミネの話のすべてだった。

「ソラは元に戻《もど》ることを選択したのか――」

眠るソラを見上げ呟《つぶや》いたリクの背《せ》にナミネは声をかける。

「あなたにも選んでもらいたいことがあるの」

その言葉にリクは振り返る。

「俺はソラみたいに、記憶を奪《うば》われたりしてないぞ」

「記憶じゃないの。闇のことなの」

「闇のこと――？」

そうリクが口にした瞬間、周囲の闇の匂いが一瞬濃《こ》くなったような気がした。

「あなたの心には闇があってそこにアンセムが宿《やど》ってる。今は封《ふう》じ込められてるけど、やがて目覚めて、いつかのようにあなたを支配してしまうわ。だから私の力を使って。私の力なら、あなたの心にカギをかけられる。そうすればアンセムはあなたの心から出られない」

リクは再びソラを見上げると、言った。

「心にカギをかけられたら俺はどうなる。ソラみたいに、忘れるのか」

その問いかけにナミネは答えない。

「忘れるんだな」

「記憶と一緒に、あなたの心の闇も封じ込められるわ。闇を思い出すこともなくなるの。昔のあなたに戻れる。決めるのはあなた。リク……選んで」

リクはソラを見上げたままほんの少し笑う。

「ソラのヤツ、のんきな顔だな……。俺もこんなふうに眠るのか」

「うん」

眠るソラの顔は穏《おだ》やかだった。リクは小さくため息をつくと、再びナミネを振り返る。

「こいつ、昔から勝手なヤツでさ。俺と一緒に何かしてる時いつも自分だけ、さぼるんだ。島を出るイカダだって、まじめに作ってたのは俺だけだったな」

リクは目を閉《と》じてデスティニーアイランドに思いをはせる。


リクも怒《おこ》ってるわよ？

カイリにそういわれて振り返ったときのあのソラの間抜《まぬ》けな顔。思い出すだけで笑いがこみあげてくる。

「決めた。こいつが目をさましたらどなりつけてやる。俺が『カイリを頼《たの》む』って言ったのに、なんでのんきに眠ってたんだ、ってさ。なのに俺まで一緒《いっしょ》に眠ったらかっこつかないだろ」

閉じていた目を開けながら、リクはナミネに告げた。

「心のカギなんていらない。そんなのに頼《たよ》るぐらいならアンセムと戦《たたか》う」

「でも、アンセムが操《あやつ》る闇に飲み込《こ》まれたら——」

ナミネが不安そうな顔で言う。

でも、リクにもう不安はなかった。

「その時は、闇が俺を導《みちび》いてくれるさ」

「……だよね」

そう言うとナミネはにっこりと笑う。

「俺がどう答えるのか、最初から知ってたみたいだな」

「知ってたんじゃない。願ってたの。闇に立ち向かってほしかった。あなたには、その力があるから」

そう言うとナミネは自分の前で両手を組み合わせる。その姿にリクは肩をすくめると言った。

「それであんたは、あの光の中で俺を助けてくれたわけか。カイリの姿でさ」

「気づいてたの!?」

ナミネが驚《おどろ》いたように言うと、リクは笑う。

「あんたに会って、感じたんだ。カイリと同じ匂いだな、って」

そう——ナミネから感じるのはカイリの気配《けはい》だった。どうしてナミネからカイリの匂いがするのかはわからないし、今の自分はわかる必要もないとリクは思う。

そしてリクはナミネに右手を差し出した。

「えっ——？」

リクは黙《だま》ってナミネの右手をとると、握《にぎ》り締《し》めた。

「ソラを頼む」

「うん、わかった——約束する」

リクの手がしっかりと握り締められる。

「ああ、約束だ」

リクは再び眠るソラを見上げる。

ソラ——また会おう。


ナミネに導《みちび》かれて開けた扉の向こうで王様が待っていた。

「そうか……やっぱり君は眠らないことにしたんだね」

王様は笑顔《えがお》でリクを迎《むか》える。

「なんで知ってるんだ？」

「ディズが話してくれたんだ」

王様はそう言うと振り返りその背後《はいご》に立っていたディズを見る。ディズは腕《うで》を組んだままそこに立っていた。

「ディズと王様って……知り合いだったのか？」

「……僕にもわからないんだ。前にも会ったことがあるようなないような……」

王様が首を傾《かし》げる。リクはディズに歩み寄ると尋《たず》ねた。

「あんた、何者なんだ」

「誰でもないし、誰でもいい。私を信じるか信じないか選ぶのは君だ」

ディズの声は低い。

「あんたはどうやら他人《たにん》に何かを選ばせるのが好きらしいな」

挑発《ちょうはつ》するように言ったリクの言葉に、ディズはまったく反応《はんのう》せず言葉を続ける。

「君は眠りをこばみ、アンセムとの対決《たいけつ》を選んだ」

「バカだと思ってるか？」

リクの言葉にディズがわずかに笑ったのがその包帯《ほうたい》の間から見てとれる。

「君の選んだ道ではないか。私は見守るだけだ」

「はっきりしない言い方だな。はげましてるのか見放してるのかどっちの意味なんだ」

不愉快《ふゆかい》そうなリクにディズは告げる。

「それを選ぶのも君だ。選んだ方の意味を信じればいい」

信じる――。

その言葉にリクはじっとディズを見つめる。

それはカイリの姿を借りたナミネの言葉を聞くまで、そして王様に出会うまで、自分ができなかったことだった。


信じるんだ、リク。

光は決して君を見捨てない。

君が闇の底にいても、光は届《とど》く！


初めから王様はそう言っていた。なのに自分は王様のその言葉を信じることができなかった。

それが自分にできなくて、ソラにできた唯一《ゆいいつ》のことなんじゃないかと今は思う。

今は――もう大丈夫《だいじょうぶ》だ。王様を、自分の力を、心を、光を、闇を信じることができる。

「心の中にある闇を、この世界に引きずり出すカードだ。アンセムとの決着《けっちゃく》をつけたまえ」

ディズは1枚のカードをリクに投げ渡す。

「こいつを使えば、アンセムが出てくるのか」

その問いかけに答えず、ディズはその姿を消す。

「おい――!?」

消えたあとを追ったリクに王様が声をかける。

「力を合わせて戦おう」

その言葉にゆっくりとリクは振り返ると、言った。

「すまない。俺ひとりで戦う」

「なぜだい？」

びっくりした顔をして言った王様に、リクはソウルイーターを握り締めながら告げる。

「自分の力でケリをつけないと意味がないんだ。そのかわり、たのみがある。もしアンセムに負けたら俺はあいつの手先にされる。そうなったら王様の力で俺を消――」

「もちろん！　必ず君を助けるさ」

リクの言葉を遮《さえぎ》るように王様が告げる。

「えっ？　そうじゃなくて俺ごとアンセムを――」

「ダメダメ！　僕は『何があっても君を助ける』と、もう選んでしまったんだ。この決心は、変わらないよ。それとも僕の言葉なんて信じられないかな」

王様がにっこりと笑う。

「選ぶのは俺だ。信じるよ、王様」

「僕も信じてる。君は絶対に負けないってね」

「ああ」

王様がそう言うのなら、負けるはずはなかった。

必ずアンセムに勝つことができる。

リクはしっかりと頷《うなず》くと、扉にカードをかざす。


扉の向こうは闇の匂い————アンセムの匂いが立ち込めていた。

「出てこいよ、アンセム。匂いでわかる」

リクの言葉にゆっくりとアンセムがその姿を確かなものにする。

「おまえの力、見せてもらった。闇の力を使いこなし、すばらしい戦いぶりだったぞ」

高笑いとともにアンセムはリクを見下ろす。

「それがどうした」

「だが、わからん。闇を受け入れたというのになぜ私に逆らうのだ。おまえと私は、よく似ている。ふたりとも闇に導《みちび》かれて歩いている。そう……同じ存在なのに、なぜだ？　心のどこかで、まだ闇を恐《おそ》れているのか？」

「そうじゃない。俺は、ただあんたの匂いが嫌《きら》いなだけだ」

アンセムの問いかけにリクは答えると、ソウルイーターを構える。力を込めると自分から闇があふれ出すのがわかる。でも今はそれさえも怖《こわ》くはない。

ただ自分の力を信じればいいだけだから。

「戦いを選ぶか……おろかだな。かつてわたしに支配されたおまえなら、わが闇の力を知っているはず」

アンセムの背後《はいご》に大きな影が立ち上った。それは、闇そのもの——アンセムの心に巣食《すく》う闇《やみ》——いや、アンセムの心そのものなのかもしれなかった。その巨大《きょだい》なハートレスのようにも見える大きな影は人の姿となり、リクを圧倒《あっとう》する。

「ああ、知ってるさ。忘れたのか。あの時あんたの力をもらったのに俺はソラには勝てなかった。あんたの力なんてその程度《ていど》さ」

言いながらリクはアンセムの元へと走りこむ。

「よかろう。ならば私の闇に沈《しず》め！」

その動きを待ち構えるようにアンセムが叫ぶ。その瞬間《しゅんかん》、アンセムの背後にいた影がリクに拳《こぶし》を振り下ろす。

「——くっ！」

リクはソウルイーターで影の一撃《いちげき》を受け止める。すさまじい強さだった。

でも——大丈夫《だいじょうぶ》。王様が信じてくれているから。そして、自分も信じているから。

「行くぞ！」

攻撃をはねのけ、リクはアンセムの頭上へと跳《と》ぶ。しかしアンセムを守るように立ちはだかった影に撥《は》ね飛ばされてしまう。

「おまえの力など、恐るるにたらん！」

「——それはどうかな？」

リクはにやりと笑うと、その体から闇を噴《ふ》き出させた。

「俺は闇の力を使いこなす。おまえは——闇にとらわれているだけだ！」

リクはアンセムに向かって走りこむ。

「グアアアアアアッ」

影が回りこむようにリクの前に拳を振り下ろす。しかし、リクはその拳の上に飛び乗ると、アンセムの頭上《ずじょう》にソウルイーターを振り下ろした。

「おのれ！」

アンセムの体にソウルイーターがぶつかった瞬間《しゅんかん》、闇の衝撃がリクを襲《おそ》う。リクは片手でその衝撃を避《さ》けるように視界《しかい》を確保《かくほ》すると、着地《ちゃくち》する。

今の一撃で　確かにダメージを与《あた》えているはずだ。リクは着地から体勢《たいせい》を立て直すと一気にアンセムに走りこみ、横なぎにソウルイーターを振り払《はら》う。

「アンセム！　これで終わりだ……！」

「終わり……など……ない！」

そう叫びながらもアンセムが膝《ひざ》をつく。

「おまえなんかに――闇なんかに俺は負けない！」

リクが叫んで振り返ると、アンセムも同じようにリクを振り返ってにやりと笑う。

「おまえの闇……私が……あたえた……私の影……消える……いつか……いつか、再び！」

姿が消えかかったアンセムから闇そのものが放たれる。

「なっ――!?」

周囲《しゅうい》が一気に闇へと取り込まれていく。

その瞬間、光の球《たま》がリクの上空《じょうくう》に現れた。

「……王様!?」

「君は『ひとりで戦う』って言った。でも、これぐらいの手助けはかまわないだろう?」

王様の声が響《ひび》き渡《わた》る。そして強い光がその光の球から放たれる。

「行こう、リク」

その言葉とともに――すべてが光に包まれた。

「勝った……のか?」

そこはもとの大広間《おおひろま》だった。周囲を見回すリクにやさしく王様が声をかける。

「勝ったんだよ、リク」

「でも――」

自分の周囲からアンセムの匂いをまだ感じる。

「ねえ、リク。これからどうするの？　うちに帰るのかい？」

「……どうだろうな。感じるんだ。ほんのかすかだけどあいつの匂いを……」

リクは少しだけうつむくと、王様に向き直る。

「消えるまでは、帰れないな。俺はまだ、あいつの闇にとらわれているのかもしれない」

「君の闇は、君のものだよ。君の光と同じようにね」

王様の言葉にリクは顔をあげる。

そして王様は、力強く続ける。

「今まで僕は、闇というのはあってはならないものだと思っていたんだ。でも、君と一緒《いっしょ》にいるうちに考えが変わってきたよ。リクが選んだ道は、もしかすると――光と背中あわせの闇が、誰も知らない姿でふれあう可能性《かのうせい》につながっているのかもしれない。その道の先にあるものを僕も見てみたいよ。君と一緒に歩きたいんだ」

今まで誰《だれ》かにそんなことを言われたことはなかった。

一緒に歩きたいだなんて――そんなこと。

「王様にそんなこと言われるとなんだか、恥《は》ずかしいな」

「僕だって、君に『王様』なんて呼ばれると、照《て》れちゃうよ」

王様が笑顔を見せたのに、リクはほんのちょっとだけ頭をかくと、言った。

「わかったよ――ミッキー」

リクの言葉に王様――ミッキーマウスははっきりと頷いた。

エピローグ――DAYBREAK OF START & THE LAST EVENING――

見渡《みわた》す限《かぎ》りの草原に1本の道が続いている。その道がどこまで続いているのかはわからない。

だが、リクとミッキーはその道を歩いていた。

ふたりが身にまとっているのは黒いローブ。それは〝機関《きかん》〟の者たちの服装《ふくそう》と同じだった。

道が遠くで3つに分かれているのが見える。

その分岐《ぶんき》する所にふたりを待ち構える男――ディズが立っていた。

「今度は何を選ばせる気だ？」

リクは尋《たず》ねる。

「光への道か――闇《やみ》への道か」

ディズは左右に広がる道をそれぞれ見つめながら告げる。

「どっちでもないな。光と闇の中間だ」

そういうとリクはディズの横を通り過ぎ、闇への道と光への道との間にある道へと進んでいく。

「闇夜《やみよ》に続くたそがれの道か……」

ディズの言葉にリクは振《ふ》り返ると言った。

「そうじゃない」

そしてリクはわずかに笑う。

「——夜明けの道さ」

再び歩き始めたリクを追うようにミッキーが走る。

そのふたりの先にあるのは——あかつきの道、夜明けの道。

そして、新たなる旅が始まる。

君のいない道を行く
忘《わす》れられた約束をもう一度するために
先で待つ君に会うために

少年は日が沈《しず》むのを見つめていた。

駅の真上にある時計台から見つめるいつもの夕焼《ゆうや》けがどこか違《ちが》って見える。

なにかが変わろうとしている——少年はぼんやりとそう思う。

「ロクサス——！」

時計台の下からピンツの声が聞こえた。

「今行く！」

ロクサスは答えると、夕陽《ゆうひ》に背《せ》を向け、時計台から駆《か》け下りる。

夕陽が——ロクサスの背中を照《て》らしていた。

《Reverse / Rebirth》完

金巻　ともこ　Tomoco Kanemaki

1975年6月16日生まれ。横浜市出身。ゲーム攻略本から小説まで幅広く手がけるフリーライター。著作に「マイ・メリー・メイ」（ファミ通文庫）、「TakeOff!」（ビーゲームノベルス）〔以上金巻朋子名義〕、「メモリーズオフ　双海詩音編」「メモリーズオフ2nd寿々奈鷹乃編」（JIVEキャラクターノベルス）など。http://www.kinkando.jp/tomoco/

GAME NOVELS
キングダム ハーツ チェイン オブ メモリーズ《Reverse/Rebirth》

2006年2月21日　初版第1刷発行
2006年8月15日　初版第6刷発行

原　　作◆ゲームボーイアドバンスソフト「キングダム ハーツ チェイン オブ メモリーズ」
©Disney Enterprises,Inc.
Video Game Developed by SQUARE ENIX/Jupiter

原　　案◆野村哲也
渡辺大祐
著　　者◆金巻ともこ

イラスト◆天野シロ

発 行 人◆田口浩司

発 行 所◆株式会社スクウェア・エニックス
〒151-8544
東京都渋谷区代々木3-22-7
新宿文化クイントビル3階
営　　業 03(5333)0832
書籍編集 03(5333)0879

印 刷 所◆加藤製版印刷株式会社

乱丁・落丁はお取り替え致します。
定価はカバーに表示してあります。

ISBN4-7575-1618-5　C0293